KB274271

자유 영혼의 흑인작가,
*Ralph Ellison*의
"블루스 미학"

내일을여는지식 어문 26

자유 영혼의 흑인작가, Ralph Ellison의 "블루스 미학"

● 김미아 지음

한국학술정보㈜

To Mark A. Pedreira

This book is dedicated to my eternal soul mate, Mark Allan Pedreira who made me deeply inscribe the true meaning of 'spontaneous overflow' as a scholar and the value of faith in my heart. I will forever grateful to him. 이 책은 인생에서의 신뢰의 의미와 학자로서의 진정한 열정과 영혼을 깨닫게 해 준 영원한 영혼의 벗인 Mark Allan Pedreira 교수에게 바치고자 합니다. 영원히 그에게 감사함을 간직할 것입니다.

Thank you.

"랩프 엘리슨이 말하는 블루스의 힘, 긍정의 힘에 대하여"

흑인들의 역사와 기억, 그들의 전통과 음악 그리고 정체성에 대한 이론적 모색과 경험적 연구를 담고 있는 본서는 필자가 발표한 논문을 재수정 편집하여 통일적으로 엮은 것이다. 본서의 구상은 꽤 오래전으로 거슬러 올라간다. 대학원 시절 필자는 흑인문학과 흑인 이데올로기라는 강좌를 통해서 흑인민족이 맞닥뜨리고 있던 정체성의 문제, 이중의식 그리고 타자에 의해 존재가치가 인정되지 않는 불가시성(invisibility)의 이슈에 대한 문제의식을 갖게 되었다. 그러한 문제에 대한 깊은 관심과 연구의 과정에서 조우하게 된 작가가 바로 랩프 엘리슨(Ralph Ellison)이다. 엘리슨은 폭력적이고 거친 검은이들의 '한풀이'에 불과하다는 폄하된 평가를 받던 흑인 문학사에 역사적, 문화적 전환점을 마련한 최초의 흑인 작가이다. 문학의 예술적 보편성을 항상 주장했던 엘리슨은 많은 비평가로부터 결국 그의 작품이야말로 미국 흑인문학 가운데 가장 높은 미학적 완성도를 이룬 작품이라는 평가를 받게 된다. 그의 대표적 작품인

장편소설 『보이지 않는 인간』은 민담과 블루스와 같은 흑인의 구전문학 전통을 작품에 미학적으로, 정치적으로 반영하는 데 성공한 흑인 문화의 예술적 성숙도를 대변하는 문화적 생산물이다. 이 작품이 여타의 흑인문학의 한계를 뛰어넘는다고 평가받는 이유도 바로 솔 벨로우(Saul Bellow)가 지적한 것처럼, 엘리슨이 흑인 문화를 효과적으로 사용하면서도, 결코 흑인이라는 인종적 지역성에 머물지 않고 인간의 보편적 문제를 예술적으로 승화시켰기 때문이다.

개인주의적 보편타당성을 추구하여 예술적 가치를 획득하였다는 찬사와 부당한 흑인들의 현실을 외면하였다는 비난을 받기도 하는 엘리슨의 작품에서 주목해야 할 점은, 작가가 작품 속 주인공의 끈질긴 자아 정체성 탐색을 통해 당대의 미국 사회의 현실적 모습을 보여 주고 있다는 것이다. 엘리슨은 겔러(Allen Geller)와의 인터뷰를 통해 "작가는 사회의 유일한 가치들을 해체하기 위해 사회에 대항해야 하며, 글쓰기는 책임을 동반하는 사회적 행위"라고 분명히 밝히고 있다. 인간의 삶, 인간의 생각과 행동과 갈등을 최대한 진실 속에 그려 보이는 것이 문학이 갖는 중요한 목적 중의 하나라면, 미국의 흑인 작가가 가장 진실하게 그릴 수 있는 인간의 삶의 문제는 인종적 주제를 포함할 수밖에 없으며 그 주제는 필연적으로 사회항변의 문제를 수반하게 된다. 엘리슨은 오랜 세월 동안 침묵을 강요당해 온 흑인이 저항의 목소리를 내기 위한 첫 단계가 바로 불가시성이라는 흑인의 정체성을 깨닫고 수용하는 것이라고 보았다. 엘리슨은 흑인 스스로 자신의 불가시성을 보지 않는 한 백인의 편견으로부터 해방될 수 없다는 각성에 눈뜬 작가였던 것이다.

본서는 이렇듯 엘리슨이 소설가로서 일생을 통해 제기한 문제의식에 대한 고찰과 해답을 흑인민족의 민속 전통인 민담과 블루스에서 얻고자 하는 노력의 산물이다. 보편주의를 표방하는 동화주의와 분리주의를 주장하는 민족주의의 변증법적 발전을 통해 대립이 아닌 화합을 지향하고 상호 차이를 인정함으로써 모든 인종과 문화의 평등한 공존을 도출해 내고자 한 작가의 노력의 산물을 나의 독자들과 공유하고자 한다.

이 자리를 빌려 음악으로부터 끊임없이 생각의 발상과 해답의 과정을 출발하게 해 주신 나의 아버지, 작곡가 김정두 교수님께 감사드리며, 사랑과 긍정의 힘을 가슴과 영혼에 품게 해 주신 나의 어머니, 학문에의 열정과 인생에서의 신의를 지키고 깨닫게 해 준 나의 영혼의 벗 Mark Allan Pedreira 교수와 그림이라는 영혼의 안식처를 선사해 준 Marla Wolfe Smith, 지쳐 가는 감성을 일깨워 준 첼리스트 KH 그리고 사랑하는 가족들과 학문의 꿈을 함께 간직해 온 지인 학자들과 동료 교수들께 가슴 깊은 곳에서 고마움을 전하며 이 책을 헌사하고자 한다.

This book is also dedicated to several people who have greatly impacted and enriched my life. First, to my father, a professor and composer, who encouraged me to develop a philosophy of life and seek for answers through music. Second, to my mother who made me engrave the power of love and positivity in my deep heart through my whole life Her ongoing positive support shows me the meaning of thankfulness and gives me a hopeful soul. Third, to Marla Smith Wolfe who introduced me to painting as a meaningful way to find peace and self expression. Fourth, to Cellist KH who helped me to regain my emotional and inner sensitivity from the dryness of life. Fifth, to all of my family members whose undying love and everlasting support gives me strength to pursue my dreams. Sixth, to my friends, who in our youth struggles with me down the road of scholarly achievement and literary truth. And finally to my colleagues, who have, for many years, shared a common yearning for scholarly pursuits.

목 차

I.

흑인문학사에서 Ralph Ellison의 위치

미국에 이주해 온 다른 민족들과는 달리 노예 신분으로 강제로 끌려온 아프리카 흑인들은, 노예제도와 인종차별의 관습으로 인해 자신들의 문화를 박탈당하고 목소리를 침묵당하였으며 그 역사는 왜곡되어 왔다. 그리하여 그들은 오랫동안 자기 정체성을 밝히려 노력해 왔고 미국사회의 주변인으로서의 자신들의 처지에 관한 문제와 싸워 올 수밖에 없었다. 모든 규범과 이데올로기가 남성 중심인 사회에서 여성의 존재가 어떠한 형태로든 타자로서의 주변성을 가질 수밖에 없듯이, 백인중심 사회의 흑인의 존재는 또 하나의 주변화된 그룹으로서 인종적 타자라고 규정할 수 있을 것이다.

뒤보아(W. E. B. DuBois)는 "흑인의 영혼"(The Souls of Black Folk)에서 미국사회 속의 흑인들의 처지를 '이중의식'(double consciousness)으로 설명한다. 자신들에게 참된 자아의식을 부여하지 않는 미국사회에서 언제나 타인들(백인들)의 눈을 통해 자아를 바라본다는 느낌, 즉 경멸과 연민으로 바라보는 세상의 시각에 의해 재단당하는 흑인들의 느낌을 뒤보아는 이중의식이라 불렀다. 이는 자신을 자신의 눈으로 바라보지 못하고 백인의 눈으로 바라보는 의식으로 흑인들은 하나의 검은 신체 속에 두 가지의 대립적인 생각을 지니고 있는 것이다(DuBois. 3).

이 이중의식은 훅스(Bell Hooks)가 말하는 대립적인 세계관(the oppositional world view)과도 유사하다. 훅스는 주변으로부터 주류를 바라보는 시각을 가리키는 이 대립적인 세계관이 종종 긍정적인 힘으로 작용하여 외부의 압력에 대항할 수 있는 공동체의 연대의식을 강화시켜 준다고 말했다(Hooks. 341). 또한 그것은 주변인 자신의 세계와 그 세계를 둘러싸고 억압하려는 지배자들의 세계에 대하여 좀 더 완벽한 이해를 제공한다. 미국사회를 꿰뚫어 볼 수 있는 투시력을 가진 존재로서의 흑인에 대하여 뒤보아가 주장한 이중의식이나, 주변인이기 때문에 소유할 수 있는 것으로 훅스가 주장한 대립적인 세계관의 공통점은 결국 미국 흑인의 존재는 박탈의 의미만이 아닌 그 가능성도 함께 지니고 있음을 암시한다.

제1차 세계대전 이후 1920년대의 할렘 르네상스와 1930년대 도시 흑인빈민의 비참한 생활상을 그린 사회 저항소설의 뒤를 이어 등장한 일군의 작가들 중 엘리슨(Ralph Waldo Ellison, 1914~1994)은 흑인 전통의 다양성과 긍정적인 가치에 초점을 맞추면서 감상적이고 비현실적인 신화화를 지양하여 흑인의 적극적인 민족 정체의식 수립에 노력한 작가이다.

이러한 엘리슨에 대해 찬사를 보내는 비평가들은 그의 작품이 미국 흑인 문학 가운데 가장 높은 미학적 완성도를 이룩한 작품이라

말한다. 메일리 스틸(Meili Steele)은 엘리슨의 작품은 현대 문학 이론에 매우 도전적인 작품이라고 평가하면서, 그 이유는 그의 문학이 그동안 비평가들이 쉽게 받아들일 수 없었던, 윤리적, 정치적 개념에 대한 새로운 이해의 지평을 열어 주고 있기 때문이라고 말한다(Steele. 473). 그리고 마셀러스 블라운트(Marcellus Blount)는 해체와 불확정성의 탈구조주의 시대에, 한 텍스트의 문학적 정통성을 고집하는 것은 시대착오인 것처럼 보이지만, 『보이지 않는 인간』은 고전으로서 끊임없이 재평가되어 왔으며, 미국 문화의 척도를 평가하는 가늠자 역할을 해 왔다고 말한다(Blount. 238). 또한 바바라 헌스타인 스미스(Barbara Hernstein Smith)는 엘리슨의 소설이 형식주의가 지배하던 문단에서 복잡한 서술구조와 상호 텍스트성의 망으로 독자들의 관심을 집중시켰으며, 정치, 역사, 이데올로기 비평이 지배한 시대에도 미국 사회의 주변부 계층을 심층적으로 다룸으로써 보다 심각한 논의를 불러일으키고 있다고 주장한다(Smith. 36).

『보이지 않는 인간』이 이와 같은 비평적 조명을 받는 또 하나의 이유는 여타의 서구 문학의 정전과 달리 흑인 구전 문학의 주체적 사용 때문이다(Frank. 243). 다시 말해서, 『보이지 않는 인간』은 민담과 블루스와 같은 흑인의 구전 문학 전통을 작품에 미학적으로, 정치적으로 반영하는 데 성공한 흑인 문화의 예술적 성숙도를 대변하는 문화적 생산물인 것이다. 이 작품이 여타의 흑인문학의 한계를 뛰어넘는다고 평가받는 이유도 솔 벨로우(Saul Bellow)가 지적한 것처럼, 엘리슨이 흑인 문화를 효과적으로 사용하면서도, 결코 흑인이라는 인종적 지역성에 머물지 않고 인간의 보편적 문제를 예술적으로 승화시켰기 때문이다.

반면 엘리슨은 미국 흑인 사회에서는 문제적 지식인이라는 평가를 받아 왔는데, 특히 좌파계열의 흑인 진보 진영으로부터 백인 문화에 동화되어 흑인 정체성을 상실한 작가로 비난받았다. 로이드 브라운(Lloyd L. Brown)은 『보이지 않는 인간』이 상업적으로 성공할 수 있었던 것은 반흑인적이고 반공산주의적인 선정성에 있다고 비판하면서, 궁극적으로 이 소설이 흑인 민중으로부터의 소외와 노동계급에 대한 증오와 경멸을 담고 있다고 공격했다. 인권운동과 흑인 민족주의 운동의 열기에 휩싸였던 60, 70년대에 엘리슨은 공개적인 비난의 대상이 되기도 했다. 흑인 미학론자인 에디슨 게일(Addison Gayle, Jr.)은 엘리슨이 보편성을 위해 흑인작가만의 정치적 책임을 회피했다고 비평했다. 이들의 공통적인 주장은 엘리슨이 부당함에 대항해 말하는 간단명료한 책임을 피하기 위해 미국적 경험이라는 복잡함에 기대고 있다는 것이다. 다시 말해 엘리슨은 사실 그대로를 있는 그대로 말하기보다는 고급 예술이라는 보호벽 뒤에 숨었다는 것이다. 그들이 보기에는, "흑인들 모두는 부분적으로 하얗고, 백인들 모두 역시 부분적으로 검다"는 엘리슨의 의견이 실제로 실존하는 부당한 현실을 외면하면서 백인 독자들의 귀를 즐겁게 하려는 자신의 반민족주의적 동화주의(assimilation)에 대한 변명에 지나지 않았던 것이다.

하지만 개인주의적 보편타당성을 추구하여 예술적 가치를 획득하였다는 찬사와 부당한 흑인들의 현실을 외면하였다는 비난을 떠나 엘리슨의 작품에서 주목해야 할 점은, 작가가 작품 속 주인공의 끈질긴 자아 정체성 탐색을 통해 당대의 미국 사회의 현실적 모습을 보여 주고 있다는 것이다. 엘리슨은 겔러(Allen Geller)와의 인터뷰를 통해 작가는 사회의 유일한 가치들을 해체하기 위해 사회에 대항해야 하며, 글쓰기는 책임을 동반하는 사회적 행위라고 분명히 밝히고 있다. 그 2년 뒤 코스텔레내츠(Richard Kostelanetz)와의 인터뷰에서는 작가는 현실의 새로운 비전을 독자에게 제공해야 하며, 이것이야말로 사회적 행위이고 중요한 임무라고 단언했다. 그리고 그것은 그 자체로서 사회적 힘(social power)의 형태가 되는 것이라고 부언하였다(Ellison. *Shadow and Act*). 이와 같은 엘리슨의 발언은 엘리슨 자신이 글쓰기를 반언술행위로 보고 있음을 시사한다. 인간의 삶, 인간의 생각과 행동과 갈등을 최대한 진실 속에 그려 보이는 것이 문학이 갖는 중요한 목적 중의 하나라면, 미국의 흑인 작가가 가장 진실하게 그릴 수 있는 인간의 삶의 문제는 인종적 주제를 포함할 수밖에 없으며 그 주제는 필연적으로 사회항변의 문제를 수반하게 되는 것이다. 엘리슨은 오랜 세월 동안 침묵을 강요당해 온 흑인이 저항의 목소리를 내기 위한 첫 단계가 바로 불가시성(invisibility)이라는 흑인의 정체성을 깨닫고 수용하는 것이라고 보았다. 엘리슨은 흑인 스스로 자신의 불가시성을 보지 않는 한 백인의 편견으로부터 해방될 수 없다는 각성에 눈뜬 작가였던 것이다.

더 나아가 엘리슨은 『보이지 않는 인간』에서 제기한 문제의식에 대한 해답으로서 탈식민주의적 지식인의 모습을 그의 두 번째 작품인 『그늘과 행위』 그리고 뒤이은 자신의 몇몇의 단편들에서 보여 주고 있다. 즉 보편주의를 표방하는 동화주의와 분리주의를 주장하는 민족주의의 변증법적 발전을 통해 대립이 아닌 화합을 지향하고 상호 차이를 인정함으로써 모든 인종과 문화의 평등한 공존을 도출해 내고자 한 것이다.

이러한 엘리슨의 문학적 탐구는 1933년 음악 공부를 하기 위해 찾아 간 터스키지(Tuskegee) 대학에서 엘리엇(T. S. Eliot)의 『황무지』(*The Waste Land*)를 읽은 후, 무자비한 미국적 환경에서 살아남으려고 발버둥치는 인물들이 마침내 비인간적인 힘에 굴복당하고 마는 전형적인 자연주의 시나리오에 불만을 품으면서 시작된다. 이러한 다큐멘터리 식의 소설은 너무나 단순해서 풍부하고 다양한 미국 흑인의 삶을 포착할 수 없다고 보았기 때문이다(Smith. 103). 그리고 리처드 라이트(Richard Wright, 1908~1966)류의 저항소설의 인물들은 단지 이데올로기적, 사회학적 개념에 기초하여 만들어진 형성물로서 미국 백인의 의식에 비친 허구적인 흑인상일 뿐이라고 비판한다. 그가 라이트를 비판하는 또 다른 측면은, 라이트가 환경의 부정적인 힘이 주인공에게 가해지는 것에만 신경을 써서 환경을 극복할 수 있는 개인들의 능력을 간과했다는 점이다. 또한 엘리슨은 흑인을 정치, 사회적 편견 때문에 황폐해진 산물로 묘사하는 것은 미국 흑인 문화의 풍요로움과 다양성을 고려하지 않은 것이라고 생각했다(O'Meally, *Craft*. 23).

래리 닐(Larry Neal)은, "나는 흑인 투쟁과 관련이 있는 소위 선전문학(propaganda)을 썼다. 그러나 나의 소설은 뭔가 다른 것, 라이트의 소설과도 다른 어떤 것이 되게 하려고 언제나 애썼다"고 말하는 엘리슨의 근원적인 정신적 뿌리는 미국 흑인 민속 전통에 있다고 본다(Neal. 38). 실제로, 흑인의 삶을 정확하고 정교하게 묘사하면 그것 자체로 당연히 혁명적인 것이 된다고 생각한 엘리슨은 구전형식을 띤 흑인 민속 속에서 진정한 흑인의 경험이 무엇인지를 알게 된다고 보았다. 엘리슨에게 있어서 흑인 민속은 그것을 열등한 것으로 간주하는 보다 넓은 지배문화 속에서 전개되어 가는 대단히 용기 있는 표현이고, 주인이 그들에게 내려준 현실에 대한 정의를 받아들이지 않고 스스로의 경험과 감수성을 신뢰하려는 의지의 표명이었다.[1]

흑인 민속에 관한 엘리슨의 관심은 1938년 그가 연방 작가 기획(The Federal Writers' Project)에 고용됨으로써 심화된다. 그곳 작가들은 민속을 연구하여 그것을 기록문학 속에 옮기는 문학적 기교를 훈련하였는데, 엘리슨은 언어와 민속에 관한 새로운 구조적인 검토를 함으로써 엘리슨의 글은 문학 리얼리즘의 한계를 벗어나 점차 성장하게 되었다.

할렘 르네상스기의 흑인시인 랭스턴 휴즈(Langston Hughes)의 자서전 『대해』(*The Big Sea*)에 관한 서평에서 엘리슨은, 흑인 구어와 블루스에 자신의 시의 토대를 두고서 부르주아지를 극복하였다는 점에서 랭스턴 휴즈를 격찬하는데, 흑인대중들 속으로 내려가 그 속에서 자신의 문학적 뿌리를 추구한 휴즈의 시의 재료 역시 블루스, 영가, 민속설화 등의 흑인 민속적 경험이다.

설교, 이야기, 게임, 농담, 더즌즈(dozens),[2] 블루스, 영가 등을 포함하는 흑인 민속에는 미국 흑인생활의 가치, 양식, 인물유형 등이

---

1) Ralph Ellison, *Shadow and Act*, New York: Random House, Vintage Books, 1964, P. 172. 이후로 *SA*라 표기함.

2) 더즌즈(dozens)라는 명칭은 18세기형 동사 더즌(dozen)에서 나온 것으로 동사 더즌의 의미는 흑인들의 관념 속에서 언어를 통해 '어리벙벙하게 하다'(stun), '감각을 마비시키다'(stupefy), '멍하게 하다'(daze)라는 뜻을 지니고 있었다. 흑인들이 익살스런 언어 게임으로서 '더즌 놀이를 한다'(playing the dozens)는 것은 "상대방의 어머니, 부모, 또는 가족 구성원들에 대해 경멸적이고 외설적인 말을 하는 것"으로 정의된다.('너의 엄마'[Yo' mama]라는 말은 상대방이 행한 모욕적인 발언에 대해 앙갚음으로 흔히 쓰이는 표현이다) 『흉내 내는 원숭이』(*The Signifying Monkey: A Theory of African-American Literary Criticism*), 44~48쪽 참고.

웅변적인 언어로 표현되어 있다. 흑인 민속 안에서 흑인들은 자기 인식과 생존에의 의지를 표현한다. 그리고 백인의 기풍과 세계관에 완전히 동의하기를 거부하고 자신들을 표현할 방식을 발견하며 세계를 인간화하려는 그 집단 나름의 시도를 보여 준다. 이 흑인 민속이 엘리슨 소설의 풍부한 원천이 되며 그의 소설 세계의 핵심이 된다고 볼 수 있다. 엘리슨은 단편 "귀향"(Flying Home)(1944), "빙고 게임의 왕"(King of the Bingo Game)(1944), 장편 『보이지 않는 인간』(Invisible Man)(1952), 그리고 『보이지 않는 인간』 이후에 나온 몇 편의 "힉맨 이야기들"(Hickman Stories)에서 초현실주의, 복합시점, 의식의 흐름 기법 등을 이용하여 광포하고 초점 없는 세계의 모습을 드러내고 있지만, 이들 작품을 가장 엘리슨적인 경향으로 만드는 것 역시 작품 속에 구현된 미국 흑인 민속의 영향이다.

특히 "귀향"과 "빙고 게임의 왕"에서 엘리슨은 정치, 역사, 그리고 미국적 경험에 대한 부조리한 관점을 흑인민속과 통합하여 나타내며, 자기 정체성의 문제와 직면하여 싸우고 있는 흑인 주인공을 그리고 있다. 1940년과 1941년에 발표된 비평 에세이 "험악한 날씨"(Stormy Weather)와 "최근 흑인소설"(Recent Negro Fiction) 은 흑인문학을 평가하는 시금석으로서의 흑인 민속의 창조적 이용을 확립한 선구적인 작품으로 평가받는다.

엘리슨은 흑인 지도자들이 흑인들에게는 헌신하지 못하면서 백인 후원인들에게 의존하는 것을 보고 의아해하며, 미국 흑인 사회에서의 리더십에 관해 생각을 해 왔다. 그리하여 협소한 자연주의의 짐을 지지 않으면서 흑인의 정체성, 영웅주의, 역사에 관한 소설을 쓰기로 결심하였다.

1942년 발표한 에터웨이(William Attaway)의 소설 서평에서 의식 있는 주인공이 출현하지 않음을 아쉬워했던 엘리슨은, 1948년 당시 "자기 자신의 인격과 세계 사이의 상호 연관성에 대해 설득력과 직관을 소유하고서 우리 문화에 대한 판단을 내릴 수 있는 인물"(Smith. *African.* 111)에 관해 쓰고 있다고 말했고 그것이 1952년 『보이지 않는 인간』으로 나타난다.

『보이지 않는 인간』에 관해서 선행된 연구는 대체적으로 다음과 같이 분류할 수 있다. 먼저, 러셀 피셔(Russell G. Fischer)의 "역사로서의 『보이지 않는 인간』"(*Invisible Man* as History), 필리스 클로트만(Phyllis R. Klotman)의 "『보이지 않는 인간』에 나타난 은유적 주자"(The Running Man as Metaphor in Ellison's *Invisible Man*), 엘리너 윌너(Eleanor R. Wilner)의 "보이지 않는 검은 실"(The Invisible Black Thread: Identity and Nonentity in *Invisible Man*), 조나단 바움바흐(Jonathan Baumbach)의 "토박이의 악몽"(Nightmare of a Native Son: Ellison's *Invisible Man*) 등에서는 보편적인 개관과 주제연구가 이루어져 왔으며, 마이클 앨런(Michael Allen)의 "『보이지 않는 인간』에 나타난 포크너적 수사의 몇 가지 예"(Some Examples of Faulknerian Rhetoric in Ellison's *Invisible Man*), 그리고 레오나르드 도이치(Leonard J. Deutsch)의 "『보이지 않는 인간』에 나타난 『황무지』"(*The Waste Land* in Ellison's *Invisible Man*)에서는 『보이지 않는 인간』을 다룬 작가와 작품을 비교 연구하는 구조적 연구가 이루어져 왔다. 민속 문화 분야에 관한 것으로는, 수잔 블레이크(Susan L. Blake)의 "제의와 합리화"(Ritual and Rationalization: Black Folklore in the Works of Ralph Ellison)에서 『보이지 않는 인간』을 비롯한 엘리슨의 주요 작품에 나

타나는 민속과 제의, 신화적 요소의 통합 양상을 분석한 것과 로렌스 클리퍼(Lawrence J. Clipper)의 "『보이지 않는 인간』에 나타난 민속적, 신화적 요소"(Folkloric and Mythic Elements in *Invisible Man*)에서 러시아의 민속학자 블라디미르 프롭(Vladimir I. Propp)의 민화(folklore) 패턴을 『보이지 않는 인간』에 적용시킨 것, 그리고 흑인 미학 이론가들과 엘리슨 간의 화해를 도모한 래리 닐(Larry Neal)의 "엘리슨의 주트 슈트"(Ellison's Zoot Suit) 등이 연구되어 왔다.

이와 같은 엘리슨에 대해 찬사를 보내는 비평가들이 강조하는 것은 예술적 기교의 세련화와 주제가 갖는 보편성의 측면이다. 유럽에서 비롯된 서구문학의 역사와 흑인 문학의 역사를 비교해 본다면, 구어체가 아닌 문어체의 형태로 나타난 흑인 문학의 역사가 얼마나 짧고 또한 그 문학적 토양이 되는 여건들이 얼마나 메말랐는지를 잘 알 수 있을 것이다. 엘리슨 이전까지의 흑인 문학을 살펴보면, 흑인들이 처한 상황의 특수성 때문에 흑인 작가들의 작품은 백인들의 편견과 차별에 항의하는 푸념이나 분노의 목소리를 주로 담고 있다. 자신들이 처한 상황의 부당함을 호소하고 그에 대한 백인들의 대답을 듣고자 하는 것이 많은 흑인 작가들의 최종목적이었다. 흑인 문학이 처한 이러한 시간적 제약과 상황적인 조건들은 불가피하게 흑인 문학이 상대적으로 단순하고 천박하게 보이게끔 하는 결과로 이어졌다. 그들은 오랜 전통의 서구 백인 문학이 지니고 있는 예술적 기교의 깊이와 풍부함을 자신들의 작품 속에 포함시킬 능력도 가지기 어려웠던 것이다. 항의의 주제를 담고 있는 흑인문학의 특징은 다양한 주제를 다루고 풍부한 수사법적 기교를 사용하는 백인 문학과 비교되면서 흑인문학은 예술성이 부족

한 선전 문학에 불과하다는 인식을 낳게 되었다.

 이러한 일반적인 인식을 깬 작가가 바로 엘리슨과 볼드윈(James Baldwin, 1924~1987)이다. 엘리슨과 볼드윈 자신들도 저항소설을 비판하면서 문학과 사회학이 구별되어야 함을 밝힌 바 있고(Bone. 153), 엘리슨을 높이 평가하는 비평가들 역시 작가의 '예술적 책임과 사회적 책임'(the artistic and social responsibility)이란 거의 '화해될 수 없기'(irreconcilable) 때문에 작가는 예술적 책임을 완수하는 것을 그의 본령으로 삼아야 한다는 것이다. 그리고 흑인 대변가들이 사회적 책임수행의 역할을 충분히 해내고 있으므로, 작가는 진정한 예술가가 되기 위해 사회적 · 정치적 투쟁 문제에 '최우선의 관심'(prime concern)을 두어서는 안 되고 되도록 '사회적 상황'(social situation)으로부터 벗어나 '객관적인 거리'(objective aloofness)를 유지해야 하며, 흑인 작가는 그가 다루는 사람이 단지 흑인이 아니며 일반적인 사람이라는 전과 어떠한 사람의 고통도 보편적이라는 사실을 받아들임과 동시에, 흑인은 사회적 현실 문제를 상당 부분 희생하고라도 흑인의 경험을 인간의 보편적 경험의 차원으로 끌어올려 분석해 낼 수 있어야 한다고 주장한다.

 그들은 특히 엘리슨이 서구 백인 문학의 대표적 장르인 소설 형식에 민담과 블루스와 같은 흑인 민속 문화의 장르를 접목시켜 완벽한 조화를 성취했다고 평가한다. 조나단 바움바흐(Jonathan Baumbach)는 『보이지 않는 인간』이 비록 흑인들의 경험을 바탕으로 흑인 작가에 의해 쓰였지만 흑인 소설이라고 부르기를 주저한다고 말하면서, 흑인 작가들의 계열보다는 조이스(James Joyce), 멜빌(Herman Melville), 카뮈(Albert Camus), 카프카(Franz Kafka) 그리고 포크너(William

Faulkner) 등에 속한다고 말한다(Baumbach. 68). 이는 『보이지 않는 인간』이 미국 흑인들의 경험을 풍부하고 다양하게 취급하고 있으나 그것을 단순히 백인들에 의해 압박받는 흑인들의 경험에만 한정시키지 않고 그것을 문맥으로 해서 '자아의 탐색'이라는 보편적 주제를 수용하고 있다는 의미이다. 솔 벨로우(Saul Bellow)는 "엘리슨은 소수의 목소리를 채택하지 않았다. 만약 그가 소수의 입장을 대변했더라면, 그는 만인을 위한 진정한 보편성을 창조하는 데 실패했을 것이다"(Bellow. 609)라며 엘리슨을 높이 평가했다.

본 논문은 엘리슨의 장편 『보이지 않는 인간』과 그의 대표적 단편들, "귀향", "투산 씨", "날개가 있다면", "빙고게임의 왕" 그리고 몇 편의 "힉맨 스토리즈" 등을 통해 한 인간의 정체성 확립에 기여하는 흑인 고유의 민속 전통의 역할에 주목하고자 한다. 특히 모든 문화와 의식이 백인 중심인 미국 사회에서 흑인 고유의 민속은 흑인의 정체성과는 불가분의 관계를 가질 것이다. 먼저, 제2장에서는 동등한 권리를 가진 인간으로서가 아니라 자신들의 목적달성을 위한 수단으로 흑인을 이용함으로써 흑인의 존재를 '보이지 않는' 것으로 간주하는 백인사회의 모습을 살펴보고, 제3장에서는 백인들이 유포하는 백인 중심적 이데올로기와 대비되는 흑인 민속의 지혜를 구현한 인물들과 블루스, 영가 등을 포함하는 흑인 민속을 통해, 이들이 주인공 화자의 정신적 성장에 기여하는 과정을 고찰하고, 마지막 장에서는 화합과 조화를 통한 흑인의 진정한 정체성추구의 의미를 규명할 것이다. 그리하여 『보이지 않는 인간』에 나타난 비인간적 존재로서의 흑인의 불가시성의 문제와 그것을 극복하게 하는 흑인 민속의 기능, 정체성 확립의 의의를 밝히고자 한다.

II.

흑인민족에게 있어서 이중의식과
'불가시성'의 의미

마크 트웨인(Mark Twain), 월트 휘트먼(Walt Whitman), 허먼 멜빌(Herman Melville) 등의 19세기 작가들이 20세기 작가들과는 달리 흑인을 미국 사회의 주된 도덕적 관심거리로서 다루었기 때문에 그들에게 경의를 표한다고 말했던(*SA.* 49) 엘리슨은 『보이지 않는 인간』의 제사(epigraph)에서 두 선배 작가의 작품을 인용하여 『보이지 않는 인간』에서 나타내고자 하는 인식과 불가시성의 문제에 대한 자신의 관심을 표명하고 있다.

미국 흑인 문학에서 가장 널리 사용되는 불가시성은 자신들의 의미 있는 정체성을 갖지 못하고, 백인들이 그에게 부여한 부정적 정체성, 부정적 이미지를 통해서만 보이는 흑인들의 존재를 표현한다. 불가시성은 흑인이라는 전체적 범주를 통해서만 보이고 모든 개인적 특질이 무시되는 흑인의 상황을 나타낸다. 그러므로 불가시성은 정체성의 부재(an absence of identity), 아무것도 아니라는 느낌(sense of nobodyness)이라고 표현할 수 있을 것이다. 미국 흑인 문학에서 흑인들은 보이지 않고(invisible), 들리지 않고(inaudible), 이름도 없고(nameless), 얼굴도 없는(faceless) 존재로 나타나는데(Erickson. 327), 불가시성의 집단적, 개인적 의미에 대해 토드 리버(Todd M. Lieber)는 다음과 같이 설명한다.

> 불가시성이란 자신의 고유한 문화와 절연당하고, 자신의 문화적 특질을 무시당한 채 이질적인 가치와 기준에 적응할 것을 강요당했던 한 집단의 상황을 나타낸다. 그리고 사회적 측면에서 불가시성은 그 근원적 곤경이 오랫동안 간과되어 왔거나 보이지 않는 그늘로 쫓겨난 한 집단의 처지를 반영한다. 또한 가장 중요한 의미로서 불가시성은 집단 정체성을 갖지 못하고 개별적 인간의 정체성 역시 지배집단에 의해 거부당하는 사람들의 복잡한 심리적 딜레마를 나타낸다(Lieber. 86).

미국 흑인문학에서 널리 사용되는 이러한 '불가시성'은 결국 흑인들이 느끼는 '타자성'이라 할 수 있으며, 백인들은 흑백의 관계에서 흑인을 이렇듯 '타자'[3]로 규정함으로써 그들을 비인간화시킨다.

'타자'라는 범주 자체는 인간 의식에 내재하는 근본적인 범주이다. 인간은 타자와 대립함으로써만 자신을 주체로 정립한다. 태고의 원시사회나 가장 오래된 신화에서도 '동일자'와 '타자'의 이중성을 항시 찾아볼 수 있다. 선과 악, 행과 불행, 좌와 우, 신과 악마

---

3) 즉 타자개념에는 본래 주체와 타자 사이의 상호성이 존재한다. 그러나 이 본질적인 타자개념이 정치적인 지배, 피지배의 관계로 되면 타자는 자신을 주체로 회복하지 못하게 된다. 보봐르는 이 두 가지의 다른 타자 개념을 '타자'라는 말로 동시에 나타내는데 이 점에서 이 용어가 혼란을 줄 여지가 있다.

의 대립처럼 타자성은 인류사상의 근본적인 범주이다. 어떠한 집단도 '타자'와 직접 대립하지 않고는 자기 자신을 '주체'로서 파악하지 못한다. 조그마한 마을 사람들에게는 자기마을에 속하지 않는 모든 사람들이 의심스러운 타자들이다. 한 나라의 토착민에게는 그 나라 외의 모든 나라 사람들이 '이방인'이다. 주체는 타자와 대립함으로써 비로소 자신의 위치를 설정하고, 자기를 본질적인 것으로 주장하고, 타자를 비본질적인 객체로 설정함으로써 자신을 확립시켜 가는 것이다(Beauvoir. xvi~xvii).

이러한 '타자성'에서 상호성이 사라질 때 문제는 발생한다. 이때, 개인이나 집단은 상호 동등한 관계에서 차등의 관계로 바뀐다. 역사적인 사건들이나 수적인 약세 등을 계기로 해서 한 집단이 다른 집단을 지배하는 경우가 있다. 이때 한쪽은 무력과 법률, 문화적인 수단 등을 동원하여 다른 쪽에 박해를 가한다. 흑인과 백인의 관계는 이렇게 주체와 타자 사이의 상호성이 사라진 관계이다. 여기서는 백인만이 유일한 본질로서 긍정되고, 흑인은 일체의 상호성이 부정당한 채 순수한 '타자'가 된다. 이와 마찬가지로 유대인은 비유대인에 대해 '타자'이다. 그리고 원주민들은 식민주의자들에게, 무산계급은 유산계급에게, 여성은 남성에게 각각 타자가 된다. 자기를 '주체'로 정립하는 주체에 의해 '타자'는 그 주체에 대해 '타자'로 된다.

프레드릭 제임슨(Fredric Jameson)은 성이나 인종에 기초한 이러한 타자성의 이데올로기에 대해 언급하면서 타자성이 악(evil)과 연결됨을 지적한다. 즉 선한 것은 나에게 속한 것이고, 악한 것은 타자에게 속한 것이다(Jameson. 234). 악이란 나와 근본적으로 다른 것을 의미한다. 이는 다르다는 사실 자체가 나 자신의 실존에 실제적이고 긴급한 위협을 가하는 것처럼 보이기 때문이다. '타자'는 그들이 악하기 때문에 두려움의 대상이 되는 것이 아니라, 그들이 낯설고 다르고 친숙하지 않기 때문에 악하다고 여겨진다는 것이다(Jameson. 115).

프란츠 파농(Franz Fanon)도 인종주의의 기본적 특성을 선악이원론으로 파악한다. 영혼과 육체, 선과 악, 천상과 지상 등의 구분에 기초한 이원론에서 백인은 아름다움과 미덕의 상징이며, 흑인은 악함과 추함의 상징이다(Fanon. 180). 서구인의 집단 무의식에서 검은색은 악, 빈곤, 죽음, 전쟁, 기아를 상징하고 있고, 흰색은 순결과 광명, 평화, 희망을 상징한다(Fanon. 187~190). 특히 파농은 지성과 성의 상이한 두 범주 속에서 백인이 지성을 독점하고 흑인에게는 성적 특징만을 투사한다고 지적한다. 유럽문화의 근저를 이루는 성적 억압은 백인들로 하여금 자신의 억눌린 성적 욕망을 흑인에게 투사하여 흑인의 이미지를 성적 존재로만 고착시켜 놓는다는 것이다.

이와 같이 타자성에 기초하여 흑인을 악으로 규정하는 태도는 흑인문학에서 자주 지적된다. 라이트는 미국사회의 선악이원론을 다음과 같이 지적하고 있다.

> 미국은 너무 어리고 너무 풋내기이다. 그들은 사회를 선과 악, 성스러움과 사악함, 고귀함과 저급함, 백인과 흑인의 문제로만 바라볼 것을 주장한다. 미국은 그들이 이해할 수 없는 사람들을 저주하고, 자신들과 다르다고 생각되는 사람들을 배제시키는 손쉬운 방법을 취하며, 정직함이라는 천으로 감싸져 버린 자신들의 양심을 얼버무린다(Wright. 14).

이러한 선악이원론은 근대 이후 흑인과 백인의 관계에 기본적으로 나타나는 태도인데, 근대소설의 효시라고 일컬어지는 다니엘 데포(Daniel Defoe)의 『로빈슨 크루소』(Robinson Crusoe)의 흑백관계에서부터 유럽의 식민지 지배자와 흑인 원주민의 선악 이원론적인 관계가 반복적으로 나타난다. 에디슨 게일(Addison Gayle. Jr)은 기독교와 플라톤 철학의 이원론이 데포의 『로빈슨 크루소』에서 어떻게 나타나는가를 보여 준다.

> 데포는 기독교적 상징주의와 플라토닉한 상징주의를 한데 묶으려 한다, 어떤 면에서는 빛과 어둠 사이의 이분법을 첨예하게 함으로써, 반면 또 다른 면에서는 백인의 우월성에 반대되는 흑인의 열등함에 대한 준거를 확립함으로써 크루소는 위엄 있고, 현명하며, 백인이고 지배자이다. 프라이데이는 야만적이고, 무례하며, 흑인이고 식민지 주민이다. 크루소는 자신의 이미지에 반대되는 이미지로 프라이데이를 창조했음에 틀림없다 (Gayle. *Black*. 41).

이러한 흑인에 대한 부정적인 이미지는 유럽과 미국의 문화 속에 뿌리 깊이 스며들어 있다. "희다고 하는 것은 순수하고, 선하고, 보편적이며, 아름다운 것이고, 검다고 하는 것은 불결하고, 악하고, 편협하고, 추한 것"(Gayle. Black. 40)이라는 이런 배타적인 이원론에서, '지적인 흑인남성'이라든가, '아름다운 흑인여성' 등의 말은 원칙적으로 성립이 불가능한 말이었다. 이와 같이 '흑인'이라는 말은 적극적인 정체성을 의미하는 말이 아니라, '백인이 아님'을 의미한다. 백인은 흑인을 그 자체로서가 아니라 자기와의 관계에서 정의한다. 흑인은 백인의 본질성에 비해 비본질적인 존재이며, 자율적이지 못하고, 백인에 의해 규정되는 상대적인 존재에 불과하다.

사실상 백인과 흑인은 양자가 다 인간이라는 동일성 속에서 피부색이 다르다는 차이를 지닐 뿐이다. 즉 양자는 인간이라는 보편성 속에서 각각 백인과 흑인이라는 특수성을 갖는다. 그러나 흑인은 백인의 정치적 지배질서, 백인의 사회구조, 백인의 문화가치 속에서 백인에 의해 규정되는 타자로 존재하게 됨으로써 인간으로서의 보편성을 상실한다. 반면에 백인은 인간의 특수성이 아니라 보편성을 갖게 되며 인간의 절대적 전형이 된다. 피부색이 검다는 것은 일종의 질적인 결여이며 불완전성을 상징한다. 흑인들의 삶에 있어 그가 흑인이라는 사실은 매우 커다란 중요성을 갖는다. 흑인이 자신을 규정하기 위해서는 '나는 흑인이다'라는 인종적 규정에서 시작하지 않으면 안 되며, 하나의 낙인처럼 '나는 흑인이다'라는 말을 거부하거나 수용하는 반응을 보이게 된다. 백인들은 자신을 규정할 때 '나는 백인이다'라는 인종적 규정에서 시작하지 않을 것이다. 백인들의 이러한 태도는 이 세계가 자신에게 속해 있다는 확신에서 온다. 이에 반해 흑인들은 미국에 살면서 자신이 인간임을 거부당하는 사회 속에 산다는 것이 어떤 것인가, 자신을 타자로 받아들이는 세계에 산다는 것이 어떤 것인가를 늘 질문한다. 즉 그들은 미국사회에서 흑인이라는 것이 의미하는 바가 무엇인지를 끊임없이 탐구해 왔으며, 이것이 흑인문학의 큰 줄기를 형성하고 있다.

전술한 바와 같이 흑인에게 부여되는 정체성은 흑인들에 대한 고정된 이미지들에서 두드러지게 나타난다. 이 이미지 가운데 대표적인 것은 충실한 노예근성을 지닌 엉클 톰(Uncle Tom), 희극적인 익살광대(entertainer), 인간이 가진 사악하고 파괴적인 측면을 투영한 '못된 검둥이'(bad Nigger) 등이다. 앞서도 언급했듯이 피지배 소수집단에 부과하는 상투적 이미지들은 지배집단이 현실을 은폐, 합리화하기 위해 사용하는 이데올로기적 장치이며, 다른 사람에 대한 지배에서 오는 죄책감을 정당화해 주고, 정치적, 경제적 지배를 보충해 주는 상징적 지배수단이다. 그런데 이런 부정적 이미지들은 책, 신문, 교과서, 광고, 영화 등을 통해 흑인들 자신에게도 많은 영향을 끼치게 된다. 그래서 흑인문학에는 자신들에게 부여된 부정적 이미지를 극복하기 위하여, 이미지에 대한 관심이 많이 나타나며, 이미지를 만들어 내는 사람(image – maker)으로서의 작가에 대한 강조가 두드러진다. 풀러(Hoyt W. Fuller)는 이미지가 현실의 한 측면을 파악하는 관점을 나타내는 것이므로, 그 이미지를 받아들이는 것은 그것을 자기 나름으로 받아들인다는 것을 의미한다고 본다(Fuller. 327). 이런 의미에서 이미지는 자기생각을 나타낸 것이라고 할 수 있다. 백인들이 흑인에게 부여한 고정된 이미지들은 흑인의 타자성을 강조하기 위해 백인과 흑인의 차이를 왜곡해서 과장한다. 흑인들은 왜곡된 이미지의 거울을 통해 자신을 들여다봄으로써, 자신에 대한 왜곡된 이미지를 내면화하게 된다.

아프리카의 흑인들이 신대륙에 끌려왔을 때, 그들은 자신들의 문화에서 강제로 떼어내졌고, 그의 조각난 생활을 지배자인 백인들의 문화를 토대로 해서 다시 세울 수밖에 없었다. 그러나 그들이 지배적인 서구문화에 접근하는 것은 엄격히 금지되어 있었고, 읽고 쓰는 것도 배울 수 없었다. 즉 서구문화에의 동화과정은 백인들에 의해 고의로 차단되어 있었다. 지금도, 그들은 그들을 완전히 수용하지 않으려는 미국문화 속에서 살아가고 있다. 이렇게 완전한 동화는 거부되었으나, 어린 시절부터 상대적으로 적은 문화적 영웅들을 가진 소수집단에서, 그들이 지배집단의 이상을 내면화하는 것은 자연스러운 일이며, 이러한 이상화는 성인이 되었을 때도 백인이 되고 싶다는 무의식적 갈망으로 계속 남게 된다(Bone. 3~4).

자신이 내면화할 수 있는 인간적 가치를 모두 백인이 독차지하고 있는 상태에서, 백인에 가까워질수록 인간다워진다는 생각은 널리 받아들여졌다. 그러나 백인이 된다는 것은 불가능한 일이기 때문에, 미국사회에서 흑인이라는 사실은 정체의식의 뿌리 깊은 갈등을 수반한다. 정체의식의 갈등은 앞장에서 언급한 뒤보아의 '이중의식'(Double consciousness)이라는 말에 잘 나타나 있다. 그는 미국사회가 흑인들에게 진정한 자기의식(self-consciousness)을 주지 않는다고 지적하며, 미국사회에서 흑인들이 느끼는 분열된 의식을 다음과 같이 표현한다.

> 이러한 이중의식은, 상당히 독특한 감각으로, 다른 사람의 눈을 통해 자기 스스로를 바라보는 관념, 경멸과 연민으로 즐거워하는 세상의 끈으로 자신의 영혼을 평가하는 그러한 관념이다. 그 누구도 그의 이중성을 느낀다. 즉-미국인, 흑인, 두 영혼, 두 생각, 화합할 수 없는 두 갈등, 한 어두운 몸속에서 싸우고 있는 두 생각, 그것이 조각조각 찢기지 않도록 붙잡아 주고 있는 지친 힘을 지닌 육체-라는 이중성을 느낀다(DuBois. 495~6).

이런 이중의식은 지배문화에 대한 동화와 거부라는 양극적 갈등과 관련된다. 흑인의 깊은 심리적 충동은 동화와 흑인민족주의(Negro Nationalism)의 두 극단 사이에서 갈등을 겪는다. 백인문화로의 동화는 백인 가치관으로의 흡수와 그에 따라 흑인이 갖게 되는 자기증오이다. 자신이 내면화하는 문화가 배타적인 백인문화이고, 그 문화의 관점에서 자신은 인간으로 받아들여지지 않기 때문에 동화의 노력은 자기증오를 낳는다. 이 점에 대해 라이트는 다음과 같이 지적한다.

> 백인들에 의해 증오받고 그를 그토록 증오하는 문화의 한 유기적 구성원이 됨으로써, 흑인은 결국 다른 사람들이 그를 증오하듯이 그 스스로를 증오하며 성장하게 된다. 그러나 '자기혐오'를 감추려는 그러한 행위로서 그는 자기 안에 숨어 있는 '자기혐오'를 불러일으키는 자들을 증오하지 않을 수 없다. 그럼으로 해서 그의 나날들은 자신과의 싸움으로 소모되고, 그의 많은 에너지는 제어되지 않는 감정을 통제하는데 소모된다 (Wright. 6).

　라이트가 지적하는 자기증오에 대해서는 볼드윈도 같은 생각을 가지고 있다. 그는 자신이 흑인으로 태어났다는 사실에 직면하는 것이 가장 어려운 일이었으며, 그 사실과 화해하기가 매우 어려웠음을 다음과 같이 밝히고 있다.

> 나[볼드윈]는 사람들을 증오하고 두려워했다. 내가 흑인들을 사랑했다는 의미가 아니라, 오히려, 나는 그들을 무시했다, 왜냐하면 그들은 렘브란트를 배출해 내지 못했기 때문이다. 결과적으로, 나는 세상 사람들을 증오하고 두려워했다(Baldwin. 7).

　이러한 이중의식은 미국사회 내에서 타자로 조건 지워진 흑인의 상황에서 비롯된다. 그래서 흑인작가들은 흑인들 자신의 이미지와,

백인에 의해 형성된 흑인에 대한 틀에 박힌 이미지 사이의 갈등에 초점을 맞추었고, 그것을 극복하고자 하는 노력이 흑인문학의 주류를 이루었다(Ostendorf. 12).

엘리슨은 이런 미국 흑인의 역사를 그의 작품 속에서 축소하여 보여 주고자 하며, 이 목적을 위해 고도로 의식적인 형상화 작업을 하고 있다. 그는 미국역사 속에서 흑인들에게 부여되었던 역할들을 여러 가지 사건과 의도적인 상징들을 사용하여 재구성한다. 그런데 그의 작품들 속에서 형상화된 미국흑인의 역사는 주인공들 개개인으로서는 개인적 정체성의 추구과정으로 나타난다. 엘리슨은 자신의 작품들 속에서 미국사회의 흑인들이 자신들에게 부여한 부정적 이미지를 통해서만 보이는 것을 '불가시성'의 이미지를 통해 형상화하고 있다.

엘리슨이 생전에 발표하지 않은 소설 가운데 "저 아래 광장에서의 파티"는 연대 미상과 제목 미상의 소설로 엘리슨이 '린치와 비행기에 관한 이야기'라고 적힌 원고 뭉치를 칼라한(John F. Callahan)이 편집하면서 첫 번째 문단에서 제목을 따다 그의 단편집 『귀향과 다른 이야기들』(*Flying Home and Other Stories*) 제일 앞에 소개한 소설이다. 앨라배마에 있는 삼촌을 방문 중인 신시내티에서 온 한 백인 소년의 목소리를 통해서 마을 사람들이 흑인을 잔인하게 린치하는 것을 묘사한다. 다시 말해서 흑인 작가가 백인 주인공 화자의 눈을 통해서 백인의 폭력을 고발하는 소설이다.

이 단편에서의 백인 주인공 화자는 잔인하게 살해당하는 흑인처럼 이름이 없다. 이것은 엘리슨이 등장인물의 불가시성을 보여 주고 있는 것이며, 주인공 화자인 백인 소년과 처형당하는 흑인을 똑

같이 취급하려는 그의 의도가 숨어 있는 것이다. 이 단편에서 흑인을 화형시키는 동안의 모든 갈등의 과정은 이 백인의 시점으로 묘사된다. 작가로서 엘리슨은 백인 화자의 피부 아래 틈새를 파고들어 소년의 내면의 갈등을 관찰한다. 작가의 감정의 절제와 소년의 그날 밤의 경험에 대한 사실적이고 솔직한 묘사가 팽팽하게 긴장을 이루고 있다. 백인 소년은 불에 타 죽는 흑인의 마지막 모습을 보면서 자신의 내면에 타오르는 갈등을 확인한다. 백인 소년은 마지막 장면에서 죽어 가는 흑인의 의연한 모습을 대면하고 경의를 표하면서도, 그 감정을 동시에 숨기려 하는 심리적 갈등을 드러낸다. "그것은 내 생의 첫 번째 파티이자, 마지막 파티다. 신이시여, 그 흑인놈은 너무 거칠답니다. 그 녀석도 결국 흑인에 불과하단 말이지요."[4]라고 말하고 있다. 여기서 소년은 '깜둥이(nigger)'란 인종차별적 용어를 반복적으로 사용함으로써, 소년이 인간이 평등하다는 인식을 한편으론 부정하면서도 다른 한편으로는 인정하려는 그의 양면적 심리상태를 반영해 보인다. 작가와 작중화자의 도덕적 판단이 전혀 배제된 이 소설은 미국 사회에서의 흑인의 '보이지 않는' 상황을 사실적으로 묘사하고 있다.

엘리슨의 장편, 『보이지 않는 인간』의 보이지도 않고 이름도 없는 흑인 화자는 자신이 불가시적인 인간이 된 것은 절대적인 것이 아니라 외부세계와의 접촉에서 빚어진 상대적인 것임을 다음과 같이 설명한다.

---

4) Ralph Ellison, *Flying Home and Other Stories*, New York: Random House, 1996. P. 11. 이후로 FO라 표기함.

나는 보이지 않는 인간이다. 그러나 에드가 앨런 포(Edgar Allan Poe)를 따라다니는 도깨비 무리도 아니고, 할리우드 영화에 나오는 영매 십령체 따위도 아니다. 나는 살과 뼈와 섬유질과 체액을 갖추고 있는 실체의 인간으로 정신까지 지니고 있다고 해도 무방하다. 그런데도 내가 보이지 않는 것은 다만 사람들이 나를 보기를 거부하기 때문임을 이해해 주기 바란다. 그와 마찬가지로 나야말로 얄궂게 일그러져 비치는 거울에 둘러싸인 존재인 것이다. 사람들은 나에게 다가올 때 다만 내 주변이나 그들 자신, 아니면 그들이 상상하는 영상의 토막들만 볼 뿐이다. ─ 정말이지, 나를 제외한 모든 것은 다 보여도 나만은 보이지 않는다는 것이다. 이렇듯 내가 보이지 않는 것은 나의 표피에 어떠한 생화학적 변화가 일어나서 그런 것은 결코 아니다. 내가 접촉하는 이들의 눈이 특이한 성질을 가지고 있는 데서 유래한 것으로 그들의 '내부적인' 눈, 이를테면 육체적인 눈을 통해 현실을 바라보는 그 내부적인 눈의 구조에서 유래하는 것이다.[5]

보이는 사물은 모두 내부의 눈을 통한 투사물이고, 내부의 눈이 보기를 거부하는 대상은 불가시적으로 되는 것이다. 미국의 노예제도 이래로 인간이 아닌 사물로서 또는 그 이하의 존재로서 여겨져 온 미국 흑인의 비인간적인 처지에 관한 문제는 그 자신의 정체성의 문제일 뿐만 아니라 미국의 인종적 현실을 은유적으로 지시하는 것이기도 하다. 『보이지 않는 인간』의 화자가 회고하는 그의 지나간 경험들은 모두 백인들의 내부의 눈에 의해 거부당한 불가시적인 존재로서의 흑인의 경험에 대한 것이다.

화자의 첫 모험인 남자들만의 연회에서 발생한 사건들은 미국의

---

5) Ralph Ellison, *Invisible Man*, New York: Random House, 1947. P. 3. 이후로 *IM*이라 표기함.

자유 영혼의 흑인작가, *Ralph Ellison*의 "붐부의 미학"

인종적 현실을 축도해 놓은 것이라고 볼 수 있다. 화자는 그의 순진함을 상징하는 남부 그린우드(Greenwood) 고등학교를 갓 졸업한 젊은이인데, 흑인들이 사회적인 책임의식을 가지고 백인들과 협력할 것을 주장하는 부커 티 워싱턴 스타일의 졸업식 고별선언을 훌륭하게 수행한 결과, 그것을 마을의 백인 남성들만의 연회에서 반복할 것을 요청받는다. 이곳에서 화자와 다른 아홉 명의 흑인 소년들은 인간으로서 대우받지 못하고 그 어떤 역할만을 하도록 강요받는 존재들이 됨을 알 수 있다.

처음에 그들은 한 나체의 백인 무희가 춤을 추는 장면을 보도록 불려 나간다. 충격을 받은 한 소년은 기절하고 또 다른 소년은 집으로 가게 해 달라고 애원하지만 백인들은 그들을 계속 머무르도록 강요한다. 그러면서 백인들은 소년들이 이러지도 저러지도 못하도록 만든다. 그리고 남자들만의 연회에 모인 백인 남성들의 입장에서는 흑인소년들의 신체를 이용하여 자신들이 평소 억눌러 왔던 욕망을 대신 표출하고 자신들의 성적 흥분을 경험할 수 있는 길을 발견하게 되는 것이다(Kim. 313).

나체쇼 다음에 벌어질 대난투(battle royal)[6]에서도 흑인 소년들은 백인들이 감히 스스로는 행하지 못하는 금지된 어둠의 힘을 대행하도록 강요받는다. 소년들은 '흰색'의 띠로 눈을 가린 채 모두 똑같이 "만일 네가 저 녀석을 갈기지 않으면 내가 너를 혼내 줄 테

---

6) 노예제도의 경험에 뿌리를 두고 있다. "결투"(The Fight)라는 민간 설화에서 올드 마스터(Old Marster)와 그의 이웃이 자신들의 대농장을 내기에 걸고 각각 자신들의 노예 중 가장 힘센 한 사람씩을 골라 싸움을 붙였던 것에서 유래한다. 리처드 라이트는 『흑인 소년』(*Black Boy*)에서, 윌리엄 포크너(William Faulkner)는 『압살롬, 압살롬!』(*Absalom, Absalom!*)에서 이 에피소드를 이용하여 흑인과 백인 간의 사회적 관계를 극화하고 있다. 흑인 노예에게 백인이 행했던 육체적, 경제적, 심리적, 성적 착취를 요약하여 보여 주고 있는 것이다.

다. 그놈의 꼬락서니가 비위에 거슬려”(If you don't get him, I'm going to get you. I don't like his looks)(*IM*. 21)라는 백인들의 위협을 받고 서로 피투성이가 되도록 싸운다. 겉으로는 억누르고 있는 듯이 보이는 백인들의 폭력에 대한 열망은 “나는 저 생강빛 검둥이 놈을 해치울 테야. 사지를 갈가리 찢어 놓으란 말야”(I want to get at that ginger – colored nigger. Tear him limb from limb)(IM. 21)라는 말로 울려 퍼진다.

흑인들로 하여금 사실은 흑인들 자신의 것이 아닌 히스테리, 잔인성, 변태적 욕구 등 무의식적인 욕망을 분출하도록 강요한 백인들은 간접 체험을 통해 쾌락을 느끼고 광란한다. 그리고 이에 대해 백인들이 베푸는 보상은 위선과 거짓으로 가득 차 있는데, 이것은 흑인 소년들이 전기가 흐르는 융단 위에서 고통을 참으며 주운 동전이 가짜였다는 사실로 상징된다.

남자들만의 연회에서의 사건들이 노예해방 이전의 남부 사회가 흑인들에게 가했던 폭력성을 대표한다면, 화자와 그가 다니게 된 대학의 백인 이사인 노튼(Norton)과의 만남은 노예해방 이후 흑인에 대한 북부의 위선적 태도를 노출시키는 한 계기가 된다. 보스턴 출신으로 흑인에게까지 소탈하고 격식을 차리지 않는 노튼은 산타클로스 같은 핑크빛 얼굴에 백발을 한 인자한 모습이다. 차를 타고 가면서 노튼과 화자가 나누는 대화에서는 노튼의 기품과 너그러움을 읽을 수도 있고 또 흑인의 복지에 대한 그의 박애주의자다운 관심을 느낄 수도 있다. 그러나 대화가 진행될수록 노튼은 앞서의 남부 백인들과 다를 바 없는 인물임을 알 수 있다.

노튼은 자신이 화자가 다니는 대학의 설립자 중의 한 사람이었음을 밝히면서 그것을 설립하는 데 도왔던 것과 그 일이 성공한 데서 얻는 만족감을 거듭 '즐거운 운명'(a pleasant fate)(*IM.* 39)이라고 말해, 어떻게 사람의 운명이 즐거울 수 있는 것인가 하고 화자를 어리둥절하게 만든다. 여기서 노튼이 말하는 운명이란 인간이 그 앞에서 무력해질 수밖에 없는 불가항력적인 힘이 아니라 그가 인생에서 한 선택과 그 결과이다. 그러므로 노튼의 말은 자신이 운명을 올바르게 이용할 수 있었다는 의미이다.

노튼의 말을 듣고 화자의 머릿속에 떠오르는 낡은 사진 한 장은 백인의 운명과 흑인의 운명이 분명한 대조를 이루고 있음을 보여 준다.

나는 차를 몰면서 도서관에 진열되어 있는 이 대학 초기의 노랗게 퇴색한 그림이 내 마음의 영사막을 통해 발작적으로, 한 조각 한 조각 생생하게 되살아나는 것을 느꼈다. 한 무리의 노새와 황소가 끄는 마차 위에 꾀죄죄하게 땟국에 전 검정 누더기를 걸치고, 거의 개성이 없는 멍한 얼굴로 물끄러미 내다보며 무엇인가를 기다리는 듯한 남녀 흑인의 무리. 그중에는 만면에 웃음을 띠고 빼어난 용모에 두드러지고 우아하며 의기양양한 모습을 한, 없어서는 안 될 백인 남녀의 무리도 끼어 있었다(*IM.* 39).

사진 속의 백인들은 그 우아함과 확신 가운데 즐거운 운명을 느끼고 있음을 보여 준다. 그들은 자신들이 무엇을 원하는지 알고 또 그것을 얻을 것을 확신하는 사람들이다. 그러나 흑인들은 그 백인들과 뚜렷한 대조를 이루고 있다. 그들은 각자의 개성이 없는 검은 덩어리로서 노튼이 말하는 운명과는 조화를 이루지 못하고 무언가를 찾고 기다리는 중이다. 차라리 백인들이 그들에게는 '피할 수 없는'(inevitable)이라는 말이 나타내듯이 운명인 것처럼 보인다.

흑인대학이 해마다 번성하는 데 대해 깊은 만족을 나타내던 노튼은 왜 대학 설립에 관심을 갖게 되었느냐는 화자의 질문에, 일찍이 자신에게는 자신의 운명이 흑인들과 연관되어 있다는 느낌이 들었다고 하면서 흑인들을 자신과 연결시킨다. 그는 화자를 비롯한 흑인 대학생들을 자신의 운명이라고 부르며 그들의 어깨 위에서 자신의 운명의 향방이 결정된다고 말한다. 그러나 자신의 운명을 위해 흑인 대학에 행하는 노튼의 투자의 근원은 자신의 억압된 성적 욕망에서 비롯되는 것이다. 그가 행하는 자선사업은 승화의 메커니즘을 통해 자신의 죽은 딸에 대한 근친상간적 욕망을 충족시킬 수 있게 한다. 딸에 대한 노튼의 사랑이 근친상간적 성질을 띠고 있다는 것은 우연히 만나게 된 흑인 소작인 트루블러드(Jim Trueblood)[7]가 자신이 꿈결에 무의식적으로 저지르게 된 딸과의 근친상간을 이야기할 때 넋을 잃은 듯이 몰두하고 듣는 노튼의 태도와 또한 죽은 딸에 대한 다음의 묘사에서 명백히 드러난다.

> "그 아이는 시인의 가장 열정적인 꿈보다 더 진귀했고 더 아름다웠고, 더 순수했고 더 완벽했고 더 우아했네. 나는 그 아이가 내 혈육이란 것이 좀체 믿어지지가 않았어. 그 애의 미가 가장 순수한 생명수의 근원이었고 그 애를 바라보는 것은 이 생명수를 마시고 또 마시는 거였네. 그 아이는 진귀하고 완벽한 창조물, 가장 순수한 예술품이었네. 투명하고 밝은 달빛 속에 피어난 아름다운 꽃송이였던 거야. 이 세계에는 없는 현상이

---

7) 트루블러드가 저지른 근친상간은 그의 이름이 상징하는 바대로 '자신의 피에 충실한 것'(being true to one's blood)을 뜻한다. 근친상간은 고대의 귀족들에게는 영예로운 관습으로 남아 있었다고 한다.

요, 성서에 나오는 처녀 같은 그런 인품, 우아하고 여왕 같은 인품이었던 거야. 나는 그 애가 내 자식이란 것을 믿기가 어려웠네."(*IM*. 42)

　매우 낭만적으로 묘사된 이 노튼의 말은 노튼 자신의 어버이로서의 사랑과 그의 딸이 얼마나 고결한가 하는 것을 드러내고 있지만, 그와 동시에 간절히 억누르려고 하는 그의 근친상간적 욕망을 미묘하게 드러내고 있다고 볼 수 있다. "그 아이가 내 딸이라는 사실을 믿기 어려웠다"는 말을 반복함으로써 노튼은 딸의 순수함을 강조할 뿐만 아니라 은연중에 그 순수함에 대조되는 자신의 불순하고 세속적인 관심을 나타내고 있다.

　노튼은 흑인 학생들 속에서 딸에 대한 사랑의 대체물을 발견함으로써 어버이로서의 사랑을 지금까지 간직해 왔다고 말한다. 그가 자선을 베푸는 가장 중요하고 열성적이고 신성한 이유는 "딸에 대한 살아 있는 기념물을 건설"(to construct a living memorial to [his] daughter)(*IM*. 45)하고 싶기 때문이며 따라서 그는 흑인 학생들을 "그녀에 대한 추억을 위한 기념물"(a monument to her memory) (*IM*. 43)로 본다. 노튼은 수년 전 대학이 처음 설립되었을 때를 회상하며, 그때는 지금의 이 아름다운 캠퍼스가 꽃도 나무도 없는 메마른 농토로서 황무지였다고 말한다. 노튼은 대학에 자본을 투자함으로써 이 땅을 과일을 거두는 풍요로운 땅으로 바꾸어 그 땅이 비옥해지도록 돕고자 하였다고 말한다. 흑인대학에 투자를 함으로써 그가 거두는 결실이란 대학이 배출하는 흑인 학생들이라고 볼 수 있다.

　노튼이 자선사업을 통해 즐기는 심리적 이득은 이기적인 성질의 것이다. 대학에 투자를 하여 "직접 인간생활의 조직화에 종사"([his]

first-hand organizing of human life)(*IM*. 41)함으로써 노튼은 지배의 기쁨을 누리고 있으며, 또한 학생들이 이상적으로 부커 티 워싱턴과 같은 존재가 되어 감을 지켜봄으로써 자기도취적인 기쁨을 누리는 것이다. 노튼이 학생들을 통해 무한한 자기복제의 가능성을 엿보고 있음은 화자에게 하는 다음의 말에서도 잘 드러난다.

> "자네와 자네 동료 학생들을 통해, 말하자면 나는 삼백 명의 교사, 칠백 명의 훈련된 기능공, 팔백 명의 숙련된 농부가 될 수 있는 것이지. 이렇게 해서 나는 살아 있는 인물들을 놓고 내 돈과 시간과 소망이 얼마만큼 유효하게 투자되었는지 관찰할 수 있는 거야."(*IM.* 45)

이렇게 수백, 수천 명의 흑인들을 자신의 운명에 끌어들여 그 운명에 대한 책임을 부과함으로써 노튼은 흑인들이 노튼 자신과의 관계에서 스스로를 정의할 것을 요구한다. 즉 그에게는 얼마든지 선택의 여지가 있는 운명이 흑인들에게는 피할 수 없이 부과되어 그들의 존재를 구속하는 것이 된다. 이와 같이 흑인을 그 역할을 통해 파악하고 그 존재를 조작하려는 박애주의 내부에서 흑인의 인간됨은 자리할 곳이 없다(Byerman. 14).

한편 엘리슨은 할렘 르네상스기에 부유한 백인들과 흑인 예술가들 사이에 발전했던 후원(patronage)관계가 그 시기에 나온 작품들에 치명적인 영향을 미쳤으며, 그 시기의 예술은 '호기심 많은 백인들'(white faddists)의 요구에 맞게 만들어졌다고 비난했다. 그러한 예술 경향은 고립감과 권태에 빠진 부유한 백인들의 입맛에 영합하는 것이라고 본 것이다(Kim. 319).

『보이지 않는 인간』에는 할렘 르네상스기의 백인 후원자들처럼 자신들의 이국적 취미와 은밀한 욕망 충족의 대상으로서 흑인을 바라보는 백인 남성이 있는데 그가 바로 영 에머슨(Young Emerson)이다. 에머슨은 군림하는 아버지(Mr. Emerson)의 억압적인 영향아래에 있으며, 작가, 예술가, 여러 유명인들과의 만남이 가능한 할렘의 한 나이트클럽에서 재즈 음악가들과 함께 어울리기를 좋아하고 화자와 같이 남부에서 막 올라온 새로운 흑인들(New Negroes)을 돕고 싶어 한다고 자신을 소개한다. 화자는 비록 예술가는 아니지만 에머슨이 추천하는 직업제의를 받아들임으로써 잠재적으로 에머슨과의 후원 관계를 맺게 되는 셈이다.

엘리슨은 에머슨의 내적 동기를 설명하면서, 흑인들을 위해 일한다는 백인들이 실은 자신들의 이익을 강화하고 있음을 암시하고 있다. 남부 흑인대학의 백인이사 노튼의 이타주의적 동기 내부에 이기적인 부성애적 자기도취가 있었다면, 에머슨이 흑인들을 도와주려는 욕망은 좀 더 동정적인 동일화에서 나온다고 볼 수 있다. 에머슨은 자기 자신과 화자의 관계를 아버지의 학대에 대항하는 공통의 투쟁에 결속된 일종의 형제관계로서 바라본다. 에머슨이 말하는 진정한 뜻에서 유럽적 향취가 풍기는 할렘의 나이트클럽 캘러머스(Calamus)는 휘트먼의 시 『풀잎』(*Leaves of Grass*)의 한 섹션의 제목을 따서 붙인 이름이다. 그런데 그 내용이 남성들 간의 성애를 찬양하는 내용을 담고 있다는 점에서 캘러머스를 자주 출입한다고 말하는 에머슨의 내적 동기의 일부가 암시된다.

에머슨은 화자가 남부 대학에서 가져온 추천장이 실은 추천의 내용이 아니라 그를 곤경에 빠뜨리려는 함정의 의미를 담고 있었음을 폭로함으로써, 화자가 심리적으로 의존하고 있던 두 인물 블레드소우(Bledsoe)와 노튼으로부터 그를 해방시켜 준다. 하지만 에머슨이 화자에게 직업을 주선하며, 또한 자신의 사환이 되어 줄 것을 권유함으로써 힘의 불균형에 의한 고용주와 피고용주의 관계를 형성하고자 한다.

한편, 화자가 다니게 된 남부의 흑인 대학에서의 에피소드는 자신들의 목적을 위하여 흑인을 수단으로 이용함으로써 그 존재를 불가시적으로 만드는 인물들이 흑인 사회 내부에서도 존재함을 보여 준다. 이 대학은 외형상 흑인의 빛나는 미래를 보장해 주는 듯 보이지만 설립자와 그를 추종하는 이들의 교육철학에 의해 교육은 하지 않고 백인 우위, 흑인 멸시를 당연시하는 편견만을 주입하는 (Bone. 205) 교육기관이다. 작품 속의 이 흑인 대학은 부커 티 워싱턴이 설립하였고 엘리슨이 3년간 음악공부를 하기도 했던 터스키지 대학을 모델로 하였다는 사실은 널리 알려져 있다. 화자가 묘사하는 흑인 대학 입구에 서 있는 설립자의 조상(statue) 역시 터스키지 대학 입구에 있는 워싱턴의 조상의 모양과 같다. 실제 워싱턴의 조상에는 "부커 티 워싱턴, 1856~1915. 흑인에게서 무지의 베일을 걷어 올려 교육과 근면을 통한 진보에의 길을 일러 주었다" (Booker T. Washington, 1856~1915. He lifted the veil of ignorance from his people and pointed the way to progress through education and industry)(Fischer. 343)고 쓰여 있으나, 화자는 무릎을 꿇고 있는 노예에게 손을 뻗치고 있는 대학 설립자의 조상을 보면서 조상에 나타나 있는 설립자의 의도가 어떤 것인지를 알아차릴 수 없어 당황한다.

이윽고 나의 심안에는 대학 설립자의 동상이 떠오른다. 엄한 가부장적 상징을 한 그 동상은 무릎은 꿇고 있는 노예의 얼굴에서 딱딱한 금속 주름이 잡혀 펄럭이는 베일을 걷어 올리려고 아슬아슬하게 손을 뻗고 있는 모습이다. 그런데 나는 베일을 실제로 걷어 올리고 있는 것인지, 꼭 붙들고 있는 것인지, 한결 강력한 계시를 눈앞에 보는 것인지, 아니면 한결 강력한 맹목을 목격하는 것인지를 가리지 못해 우두커니 서 있다. 다시 얼굴을 들어 쳐다보니, 지금까지 나로서는 체험해 보지 못한 세계를 공허한 눈길로 바라보고 있는 청동 동상의 얼굴에 흰 액체가 흘러내리고 있다(*IM.* 35∼36).

그러나 잠시 후 화자가 발견하게 되는 청동 조상의 공허한 눈길은 워싱턴이 상징적으로 눈이 멀었거나 지각이 부족했음을 암시하고 있다. 에드워드 마골리스(Edward Margolies)는 엘리슨이 흑인의 역사에 대한 지속적인 인유를 채택함으로써 현재의 흑인의 불가시성을 발견하는 수단으로 이용하고 있다고 본다. 평등과 계급적 복종이라는 부커 티 워싱턴의 한 쌍의 원칙은 논리적 모순이면서 현실에 대해 그가 인식하지 못하는 것을 나타낸다고 할 수 있다(*IM.* 135). 흑인을 계몽시킨다는 그의 주장은 흑인을 어둡고 불가시적인 상태로 그대로 두려는 또 다른 가장인지도 모른다.

학생들에게 설립자의 삶과 역경, 성취를 설교하는 흑인목사 바비(Barbee) 역시 흑인의 불가시성에 기여하는 인물이다. 워싱턴의 자서전 『굴종을 딛고 일어나』(*Up From Slavery*)를 서사적으로 다시 이야기하는 듯한 그의 설교는 설립자의 커다란 희생으로 학생들이 오늘날의 진보와 행복을 누리게 되었음을 주장하며, 학생들로 하여금 설립자의 삶의 단계를 따라 배울 것을 권고하는 내용을 담고 있다.

"여러분들도 이 이야기를 여러 번 들었을 것입니다. 신과 같은 이분의 고투와 위대한 겸양, 밝은 식견, 여러분은 이제야 그의 결심을 받아들이고 있는 것입니다. 구체화되고 살이 된 과일을……. 이분이야말로 여러분이 본받아야 할 가치 있는 거룩한 모형이올시다. 내 간절히 부탁드립니다만, 부디 이분을 따라 주십시오. 여러분의 한 사람 한 사람이 이분이 걸어온 발자취를 걸어가도록 마음을 가다듬어 주십시오."(IM. 131)

화자는 바비의 설교 내용에 감명을 받지만 그의 설교가 끝날 때까지 그가 장님이라는 사실을 눈치 채지 못한다. 바비는 그 자신이 장님이기 때문에 자신이 그토록 생생하게 묘사한 설립자의 인생행로를 실제로 정확히 지켜보았을 것 같지 않다. 따라서 바비가 주장하는 설립자의 위대한 신화는 의심 되어야 한다.

바비의 설교가 설립자에 대한 피상적이고도 환영에 가까운 시각을 제시하고 있다면, 흑인대학 학장 블레드소우는 설립자의 삶에 대한 믿을 만한 실체를 나타낸다고 볼 수 있다. 블레드소우는 백인들에게 그들이 보고자 하는 것만을 보여 주고 그들이 듣고자 하는 것만을 들려줌으로써 자신의 권력이 유지될 수 있음을 알고 있기 때문에, 대학의 백인 이사들 앞에서 온갖 겸손과 유순함을 가장한다.

블레드소우가 백인의 우월성과 온정주의를 수용하는 이유는 다른 흑인들에 대한 자신의 권력을 유지하고 고양시키는 목적을 위한 것이다. 인종 차별 관습이 없다면, 블레드소우는 자신의 지위를 유지할 수 없기 때문에 그는 인종차별 관습으로부터 기득권적인 이익을 누리고 있는 것이라 볼 수 있다. 완벽한 위선 속에서 자신의 권력을 유지하기 위해 같은 종족을 나무에 매달 수도 있다고 말하는 블레드소우는 그 이름처럼 "자신의 민족을 그렇게 피 흘리게

하는 사람”(This is the Bledsoe who bleeds his people so)으로서 대
난투에서 보았던 남부의 백인 인종주의자들과 다름없는 인물이다
(Donald. 148).

> “나는 흑인 거물이기도 하지만 형편에 따라서는 다른 어느 검둥이보다
> 더 큰 소리로 ‘예, 선생님’ 하면서 복종도 하지. 그러나 이곳의 왕은 여
> 전히 나야. 나는 그 가운데서 지위를 구축했고, 이 지위를 보전하는 데
> 필요하다면 아침까지라도 이 지방의 검둥이를 하나하나 나뭇가지에 달아
> 매 두어도 무방하다고 생각하고 있어.”(*IM.* 140～41)

그리하여 북부에서 취업을 하는 데 도움이 될 것이라며 블레드
소우가 화자에게 써 준 추천장에는 대난투를 치른 날 밤 꿈에 보았
던 것과 같은 내용인 “이 검둥이 소년을 계속해서 달리게 하라”라
는 메시지가 담겨 있다.

비 한 방울 내리지 않아 샘은 말라붙고 물탱크에는 누런 물만
고여 있어 마치 꽃으로 아롱진 황무지와 같은 곳으로 묘사되는 대
학 교정의 풍경은 소위 ‘흑인들을 진보로 이끈다’는 이 대학 교육
철학의 본질을 잘 나타내고 있다. 특히 대학교정의 한쪽 길이 정신
병원으로 이어지고 있다는 사실은 함축하는 바가 크다. 제1차 세계
대전에서 용감히 싸웠으나 지금은 이 정신 병원에 수용되어 있는
흑인 퇴역군인들의 존재는 명분 좋은 흑인교육의 허구성을 드러내
고 있다. 이 군인들 대부분이 전에는 의사, 변호사, 교사, 예술가,
정치가 등의 직업을 가지고 있었다는 것으로 보아 이들은 흑인 진
보의 산 증거가 될 수도 있었던 것으로 보이는데, 레일리(John
Reilly)는 이러한 퇴역군인들의 존재를 “흑인들의 전체적인 사회적

처지를 나타내는 축도"(a microcosm of a whole social order of black sons)(Reilly. 127)라고 말한다.

화자가 남부의 대학을 떠나 취업을 위해 북부 뉴욕으로 가는 것은 역사적인 의미를 가진다. 그것은 1910년 이후 상당기간 지속되었던 미국 흑인들의 대이주의 패턴을 따르는 것으로서, 남부에서 북부로의 이주일 뿐만 아니라 농촌에서 대도시 지역으로의 이주를 뜻하기도 한다. 화자가 북부로 가는 버스에서 만난 흑인 퇴역군인 번사이드(Burnside)는 "뉴욕! 그곳은 장소가 아니라 꿈이나 다름이 없지. 내가 자네만 했을 때의 꿈은 시카고였어. 요즘은 모든 흑인 소년들이 뉴욕으로만 달리지"(New York! That's not a place, it's a dream. When I was your age it was Chicago. Now all the little black boys run away to New York)(*IM*. 150)라고 말하며 그것은 "불구덩이에서 뛰쳐나와 펄펄 끓는 도가니 속으로 들어가기"(Out of the fire into the melting pot)(*IM*. 150)라고 한다. 화자가 살았던 남부가 흑인으로서의 그의 위치를 언제나 상기하게끔 했던 인종차별적 사회였다면, 북부 백인 사회는 대체로 그에게 무관심하며 그가 가진 문화적, 인종적 정체성을 파괴함으로써 백인사회에 동화시키려는 사회라고 볼 수 있다. 뉴욕으로 온 화자가 다시 대학으로 돌아갈 수 없음을 깨닫고 취직을 한 리버티 페인트 공장(Liberty Paint Factory)에서의 사건들은 현대의 미국사회가 어떻게 운영되고 있는가를 상징적으로 보여 준다. 이 회사의 상표는 미국의 상징과 같은 울부짖는 독수리이며 표어는 "리버티 페인트로 아메리카를 희고 순수하게"(KEEP AMERICA PURE WITH LIBERTY PAINTS)(*IM*. 192)이고, 이 회사에서 가장 인기 있는 페인트는 "눈에 확 띄는 흰색"(*IM*. 196)이라 불린다. 이 흰색 페인트 속에 검은색 페인트를 섞었을 때 검은색 페인트가 사라진다는 것은 백인의 입장에서 흑인의 존재를 부정하고 싶은 욕망을 나타낸다고 볼 수 있다. 그리고 흰색 페인트 속에 검은색 페인트를 섞음으로써 흰색이 더 하얗게 된다는 것은 흑인의 활력을 흡수함으로써 더 강해지는 백인을 상징한다고 볼 수 있다(Baumbach. 18).

명령받은 일을 수행하기만 하고 그 일에 대해 생각하려고 하지 말라고 명령하는 백인 상사 킴브로(Kimbro)는 대령이라는 그의 별명으로 인해 흑인들에게 폭압을 휘둘렀던 옛 남부의 대령을 연상시키는데, 검은색 페인트와 흰색 페인트가 섞인 것을 보며 "이것이야말로 무엇이나 칠할 수 있는 페인트다. 하얗고말고, 세상에 더없이 하얗지. 바로 여기 있는 이 페인트가 나라의 기념비를 세우는 데 쓰이는 거야!"(*IM*. 197)라고 말한다. 그러나 똑같은 페인트가 화자에게는 흰색으로 보이지 않는다.

> 나는 페인트를 칠한 판자조각을 바라보았다. 역시 아까 것과 별반 다름이 없었다. 회색 빛깔이 흰빛을 뚫고 희미하게 비쳤다. 킴브로는 그것을 미처 발견하지 못했던 것이다. 모두와 마찬가지로 찬란한 흰 빛깔에 회색이 담뿍 깃들어 있었다(*IM*. 201).

백인인 킴브로의 눈에는 보이지 않는 회색이 화자의 눈에 보이는 것은, 백인들은 미국 사회 내에서의 흑인의 존재를 인식하지 않으려고 하지만 화자는 그 자신이 흑인이므로 백인들과는 다른 시각에서 미국을 구성하는 이는 백인뿐 아니라 흑인이기도 하다는 것을 인식하고 있음을 보여 준다.

역사적으로 미국이 흑인의 존재를 인정하지 않으려 했다는 것은 흑인 주임 루시우스 브록웨이(Lucius Brockway)의 존재에서 명백히 드러난다. 브록웨이는 공장이 처음 생길 때 기초공사까지 도왔으며, 지금은 공장 지하 깊숙한 곳에서 백인들은 아무리 돈을 많이 주어도 하지 않으려는 일을 도맡아 하고 있다. 그리고 브록웨이는 자기 스스로의 역할을 공장 기계들 속에 존재하는 또 다른 기계라고 정의한다. 이런 점에서 볼 때, 브록웨이는 미국이 건국 초기부터 그 노동력에 의존해 온 미국 흑인을 대표한다고 볼 수 있다. 처음부터 흑인은 미국의 일부였을 뿐만 아니라, 미국이라는 국가 자체가 흑인의 노동력에 의존해 온 것이다. 브록웨이는 "여기서 바로 진짜 페인트를 만드는 것이지. 내가 손을 떼면 그들은 아무것도 만들 수 가 없어"(Right down here is where the real paint is made. Without what I do they couldn't do nothing)(*IM*. 201)라고 말한다. 또한 브록웨이의 아래의 말은 왜 미국이 다인종적이 아닌 백인 중심의 국가인가를 암시한다. 왜 눈에 확 띄는 흰색이 이 회사에서 가장 잘 팔리는 상품인가를 설명하면서 브록웨이는 다음과 같이 말한다.

"처음부터 흰 페인트에 중점을 두었지. 누가 뭐라고 해도 우린 이 세상에서 제일가는 흰 페인트를 만들고 있거든. 석탄 덩어리에 칠해 놓아도 해머로 깨뜨려 보지 않고서는 속까지 하얗다고 생각할 정도로 하얗단 말이야."(*IM*. 213)

브록웨이는 흑인의 존재를 인정하지 않는 한 나라를 떠받치고 있는 자신의 역할을 자랑스러워한다. 그리고 이 회사의 슬로건 "눈에 확 띄는 흰색이 옳은 흰색"(*IM*. 213)을 만들어 낸 사람도 다름 아닌 브록웨이 자신이다. 그런데 화자에게는 이 슬로건이 "당신이 백인이면 당신은 옳다"(*IM*. 213)라는 어린 시절에 부르던 반복 후렴구(jingle)를 떠올리게 한다. 노동조합이 회사에서 중추적인 역할을 하는 자신의 일을 빼앗을까 봐 두려워하는 브록웨이는 흑인들이 노동조합에 가입하려는 것을 배은망덕한 행위로 규정하는데, 이것은 남부에서 같은 동족인 흑인을 억누르며 백인에 영합하여 자신의 권력을 유지하는 블레드소우의 모습을 연상하게 한다. 또한 도시락을 가지러 갔다가 노동조합의 모임에 휩쓸렸다는 화자의 말에 분개한 브록웨이가 화자와 맞붙어 싸우는 장면은 남부에서 백인의 여흥을 위해 흑인 소년들이 맹목적으로 맞붙어 싸우던 대난투 장면을 떠올리게 한다.

브록웨이와의 싸움으로 인한 보일러 폭발사고로 부상을 당한 화자가 공장 부속 병원에서 겪는 일들은 백인 사회에서의 그의 소외와 불가시성을 상징적으로 보여 준다. 온통 하얀색으로 둘러싸인 병원은 비인간적인 이미지로 충만하고, 화자는 마치 물건처럼 다루어지며 철모가 씌워진 채 유리와 금속으로 된 상자 속에 누워 있다. 의사들은 인간의 눈이 아닌 기계의 눈을 통해 그를 바라보며, 아무리 그가 머리와 내부의 고통을 호소해도 그의 외부만을 살펴보고 전기쇼크로 그를 치료한다. 미국의 백인 문화와 다른 것은 그 어떤 것이라도 제거하려는 이 전기치료(Fischer. 345)는 흑인의 문화적, 정신적 의식을 파괴하려는 백인들의 시도라고 볼 수 있다. 한 의사는

"이 사람은 동기에 관한 중대한 갈등 따위는 경험하지 않을 거야. 게다가 다행히도 사회는 이 사람 때문에 정신외상을 입는 일도 없을 걸세"(He'll experience no major conflict of motives, and what is even better, society will suffer no trauma on his account)(*IM*. 232)라고 말함으로써 그들의 치료 목적을 드러내는데, 결국 삼백 년 동안 발전해 온 이 실험으로 흑인은 흑인으로서의 자기 정체성을 잃고 백인이 지배하는 미국 사회에 순응하는 존재가 되어 가는 것이다.

전기가 통하는 양탄자 위에서 가짜 돈을 줍던 남부에서의 굴욕을 연상하게 하는 이 전기치료 후 화자는 어머니의 이름도, 자기 자신의 이름도 기억하지 못하고 형 토끼(Brer Rabbit)[8]에 관한 질문에도 답을 하지 못하게 되었을 때 '완치'되었다는 말을 듣는다. 이것은 화자가 자신의 문화적 유산을 완전히 박탈당했다고 판단되면 역설적으로 그는 미국 사회에 적응할 수 있는 인물이 될 수 있음을 뜻한다.

화자의 모험의 마지막 단계인 동지회는 현세를 난세로 규정하고 보다 살기 좋은 이상사회의 건설을 목표로 하는 정치단체로서, 그가 앞서 겪었던 사건들과는 다른 결과를 가져올 것처럼 보인다. 그러나 동지회에서도 화자가 이전과 유사한 경험을 함으로써 흑인으로서의 불가시성을 실감하게 되리라는 징후는 여러 곳에서 나타난다.

동지회가 화합을 하는 소니언(Chthonian)[9] 건물은 그 로비에 희

---

8) 미국 흑인 민속에서 형 토끼(Brer Rabbit)는 사슴눈 토끼(Buckeye the Rabbit)와 같다. 그 둘은 지혜와 강인함으로 곤경을 헤쳐 나오기로 유명하며, 여러 가지 흑인 민간 설화에 자주 등장한다. 그 이야기들 중 가장 유명한 것이 타르 베이브(Tar Baby) 이야기이다.

미한 전구가 켜져 있는데, 이곳에서 엘리베이터를 타면서 화자는 전에도 이와 유사한 경험을 했음을 느낀다. 위로 가는지 아래로 가는지 모를 불확실한 방향으로 움직이는 이 엘리베이터는 화자가 남부 백인들 앞에서 대난투를 벌이기 전에 동료 학생들과 함께 탔던 엘리베이터를 연상하게 한다. 화자가 동지회에서 첫 연설을 하기 전에 목격하는 눈 가린 권투선수의 포스터 역시, 남부에서 백인에 의해 눈이 가려진 채 행했던 대난투 장면을 연상시킨다. 또한 동지회에서 첫 연설을 하려고 할 때 화자는 조명이 너무 강해서 청중들은 자신의 얼굴을 볼 수 있으나 자신은 그 청중들의 얼굴을 볼 수 없는 고립감을 통해 공장 병원에서의 경험을 연상한다.

> 불빛이 너무 강해서 나는 사발형으로 앉아 있는 청중들의 얼굴이 보이지 않았다. 마치 청중과 나 사이에 반투명의 막이 내려쳐진 듯, 이편에서는 보이지 않았으나 저쪽에서는 ─ 박수를 치는 것으로 보아 ─ 그 막을 통해 내가 보이는 모양이었다. 나는 병원 의료기구 속에서 느끼던 견고하고 기계적인 고립을 연상하고는 진저리를 쳤다(*IM.* 333~34).

그러나 화자는, 이상사회는 과학적으로 조직될 것이기 때문에 개인에 대한 차별도 없고 인종에 대한 차별도 없는 집합체로서의 인간을 위한 유토피아가 될 것이라는 동지회의 주장에 매혹된다. 그리하여 동지회 내에서 "한 인종의 일원 이상이 될 수 있는 가능성"(the possibility of being more than a member of a race)(*IM.* 348)을 꿈꾼다.

---

9) 그리스 신화에 나오는 지하 세계의 왕국, 죽음의 왕국의 이름. 동지회가 회합을 하는 곳으로 묘사되는 이곳의 이름이 동지회의 본질과 관련하여 상징적이다.

처음으로 나는 한 인종의 일원 이상인 존재가 될 수 있는 가능성을 엿볼
수 있었다. 이건 꿈도 아니고, 그 가능성은 현존하고 있다. 최고봉에 도
달하기 위해선 일을 하고, 배우고, 살아남으면 되는 것이다(*IM.* 348).

그러나 한 인종의 구성원 이상의 존재가 될 수 있다는 화자의
생각은 환상에 불과한 것이다. 그가 동지회에 고용된 것은 바로 그
가 흑인이었기 때문이다. 그가 처음으로 동지회의 모임에 갔을 때
한 백인 여자가 "그런데 이 사람 피부가 좀 더 검어야 하지 않겠어
요?"(But don't you think he should be a little blacker?)(*IM.* 296) 하
며 아쉬워하는 것에서 알 수 있듯이, 흑인으로서 뛰어난 웅변 재능
을 가졌기 때문에 화자는 동지회의 발전에 방해가 되는 흑인 민족
주의자 라스(Ras)를 견제하고 할렘에서 동지회의 세력을 확장할 수
단으로서 고용된 것이다.

동지회의 의장 잭(Jack)의 한쪽 눈이 실명상태라는 것은 그를 남
부의 바비 목사, 블레드소우 학장, 대학의 설립자, 백인이사 노튼
등과 연관 지을 수 있게 한다. 이들처럼 흑인을 하나의 인간으로
보지 못하는 잭은 개인의 이익은 조직의 이익에 비해 중요하지 않
다고 말한다. 또한 미국 흑인의 역사를 압축하여 보여 준 프로보
(Provo) 부부의 강제퇴거를 "도시 포장도로 위의 죽음"(A Death on
the City Pavements)(*IM.* 284)이라고 부르며 화자에게 그들을 잊어
버리라고 말한다. 그리고 가족과의 연락을 단절하게 하고, 그를 보
호해 주었던 하숙집 여주인 메리(Mary)의 곁을 떠나도록 만든다.
자신의 열망을 성취하고 동지회의 지도자 중 한 사람이 되기 위해
서 화자는 자신의 과거나 민족성과의 유대를 끊을 것을 강요받는

다. 화자에게 본래의 그의 이름을 잊도록 하고, 마침내 흰색 봉투에 싸서 줌으로써 동지회는 그의 존재를 완전히 재구성한다.

화자에게 "새로운 부커 티 워싱턴과 같은 존재가 되어 보면 어떻겠소?"(How would you like to be the new Booker T. Washington?)(*IM*. 299)라고 하는 잭의 말은 동지회의 근본이념이 어떠한 것인지를 더욱 분명하게 밝혀 준다. 워싱턴의 철학이라고도 볼 수 있는 타협, 백인의 권력에 대한 복종, 백인의 지배이데올로기에 대한 순응으로, 동지회는 화자를 이용하여 동지회의 이익에 맞게 다른 흑인들을 통제하려고 한다. 잭이 보낸 것으로 밝혀지는, 화자에게 배달된 익명의 편지는 이 세계가 백인의 세계임을 분명히 한다.

> 동지⋯⋯ 너무 빨리 달리지 마시오. 민중을 위해서 활동을 계속하는 건 좋지만 그대도 '우리들' 중의 한 사람이란 걸 잊지 마시오. 당신이 너무 크게 되는 날에는 '그들'이 그대를 없애 버릴 것이오. 그대는 남부 출신 이니 이곳이 '백인의 세계'라는 걸 알고 계실 테지요. '그들'은 그대가 너무 빨리 달리는 걸 원하지 않을뿐더러 그렇게 된다면 그대를 없애 버 릴 것입니다(*IM*. 376).

화자에게 과거의 인연을 모두 끊으라고 말했던 동지회가 화자에게 허용하는 유일한 과거의 기억이 바로 '이곳은 백인의 세계'라는 점은 아이러니하다.

화자를 자신들의 목적을 이루기 위한 도구로 간주하듯이 동지회는 흑인 군중도 "우리들의 프로그램에 따라서 형성될 원료들 중의 하나"(one of the raw materials to be shaped to our program)(*IM*. 464)라고 명명한다. 흑인들은 동지회의 뜻을 관철시키기 위한 투표에 사용될 이름들로서 혹은 동지회의 항변을 나타낼 퍼레이드를 장식하는 숫자들로서만 그 의미를 지니므로, 동지회는 정치적 목적을 위해 할렘 주민들을 희생시킬 때 아무런 가책도 느끼지 않는다.

백인들의 눈에 흑인들이 불가시적인 상태로 존재함을 보여 주는 경우로서 간과될 수 없는 것은 흑인 남성을 보는 백인 여성들의 시각이다. 이 작품에 나오는 두 명의 백인 여성의 눈에 비친 화자의 모습은 흑인의 성에 관한 미국적 신화의 구현체일 뿐이다.

화자가 할렘에서 여성문제에 관한 강연을 마치고 만난 한 백인 여자는 그를 원시적인 야만인의 이미지로 묘사한다. "그래요, 원시적이에요. 누군가 당신 목소리에서 이따금 원주민의 북소리 같은 소리가 들린다고 이야기하지 않았나요?"(Yes, primitive; no one has told you, Brother, that at times you have tom-toms beating in your voice?)(*IM*. 406)

그리고 화자가 동지회에 관한 정보를 얻기 위해 이용하려던 여자 시빌(Sybil)은 그에게 자신이 강간당하는 환상을 연출해 줄 것을 요청한다. 흑인 남성의 성을 원시적이고 공격적인 것으로 파악하는 백인들의 왜곡된 선입견에도 불구하고, 아이러니하게도 위의 두 경우 모두에 있어서 공격하는 사람은 흑인 남성이 아닌 백인 여성들이다.

캘빈 헌턴(Calvin C. Hernton)은 그의 저서 『미국에서의 성과 인종주의』(*Sex and Racism in America*)에서 흑인 남성을 보는 백인 여성들의 상투적인 시각을 다음과 같이 설명하였다.

> 백인들은 흑인 남성을 주로 성기관과 관련된 용어로 – '황소' 또는 '걸어다니는 성기'와 같이 – 생각한다. 외설적인 것을 좋아하는 사람에게 이것

은 혐오스럽거나 매력적일 수도 있지만 언제나 흥분되는 것이기도 하다. 이 두 가지 상반된 감정-강한 혐오와 열망-이 합쳐져서 흑인 남성은 성적으로 '비정상'이라는 생각을 낳게 하고 따라서 흑인 남성과 성관계를 가진 많은 백인 여성들은 흑인이 자신들을 '겁탈'했다고 여기는 것이다(*IM.* 39).

이것은 "절대다수의 백인들에게 흑인은 원시적인 형태의 성 본능을 대변하며…… 백인 여성들은 순수한 귀납과정을 통해서 흑인들은…… 정신을 혼미하게 할 정도의 성감각 그곳으로 인도하는 존재라고 생각"한다고 본 파농의 견해(Fanon. 212)와도 유사하다.

시빌은 화자가 그녀에게 원하던 정보를 가지고 있지 않고 그 대신 백인 여성이 흑인 남성에 대해 가지는 왜곡된 성적 이미지를 확인시켜 줄 뿐이다. 위의 인용문에서처럼 그녀는 화자에 대하여 흑인의 남근, 흑인 강간범이라는 환상밖에 볼 수가 없고, 화자는 그녀의 배 위에다 "시빌, 너는 산타클로스한테 강간당했다. 놀랐지!"(SYBIL, YOU WERE RAPED BY SANTA CLAUS, SURPRISE!)(*IM.* 514)라고 씀으로써 그녀의 환상을 조롱한다. 실제로 시빌의 환상은 아이들이 산타클로스에 대하여 가지는 환상과 같이 허구적이다. 아이들이 마술 같은 선물을 주는 사람으로서 산타클로스를 믿고 있듯이 그들은 흑인 남성의 성에 관한 그릇된 환상을 지니고 있는 것이다.

결국, 화자가 자신의 삶에 의미를 부여하고자 의존하였던 남부사회, 흑인 대학, 북부 산업사회, 이념조직 등은 백인사회의 지배적인 이데올로기를 전파하는 주체들에 불과했다. 그들에게 있어서 흑인의 존재는 자신들의 억눌린 욕망의 투사물로서, 인종주의적인 환상 충족의 수단으로서만 의미를 가지거나 또는 흑인들이 가지는 정체성을 파괴함으로써 자신들의 권력을 더 공고히 할 수 있는 대상으로만 기능할 뿐이었다. 그리하여 '백인은 옳고'(*IM*. 94), '이곳은 백인의 세계'(*IM*. 376)라는 백인중심의 이데올로기를 공고히 하여 그 속에서 인간이 아닌 대상으로서 불가시적으로 존재하는 흑인의 처지를 확인하게 하고 있다. 흑인과 백인은 서로에게 보이지 않는 타자이고, 단지 초자연적인 힘이나 사물로서 서로에게 관계하고 있는 것이다.

Ⅲ.

흑인민족의 민속 전통을 통한 '불가시성'의 극복

인디언, 마운틴 화이트(Mountain White), 카우보이, 흑인 등을 포함하는 미국 민속의 주요 네 분야 중 그 내용이 가장 풍부한 흑인 민속에서 흑인들은, 노예제도하의 자신들의 사회, 경제적 처지를 반영하고, 현대 미국 사회의 경제적 약자로서의 자신들의 입장을 말해 주는 방대한 양의 전통적 장치들을 창조하였다. 흑인민속의 전반적 틀 형성에 배경적 환경을 제공한 노예제도의 시기 동안에 흑인들의 생활과 가장 밀접했던 노동, 숭배, 미신, 놀이 등이 미국 흑인 민속에 특징적으로 나타나는 요소들인데, 이 속에서 흑인들은 비극적이면서도 희극적인 삶을 바라보는 새로운 시각을 발전시키게 되었다.

지난한 역사적 경험을 통해 공식적인 기록역사의 진리에 회의를 갖게 된 미국 흑인들에게 있어서 민속예술은 기쁨과 교훈을 주며,

기록문학보다도 더 예술의 고전적 기능을 행한다. 미국 백인들의 기풍과 세계관에 전적으로 동의하기를 거부한 흑인들은 민속예술을 통해서 스스로를 표현하는 자신들만의 방법을 창조하게 되었다.

최초의 아프리카 노예로부터 노예제도가 있던 오랜 시기를 거쳐 현재까지 미국 흑인들은 그들의 유머, 노래, 춤, 말, 이야기, 게임, 민속신앙들 속에 중요한 아프리카적 의식의 요소들과 구전예술을 생생하게 보존해 왔다. 그것이 가능했던 이유는 우선 이러한 문화의 속성이 지속적이고 끈질긴 것이었기 때문이었으며, 여기에 이러한 문화 패턴들이 백인들의 마음속에서 흑인들의 열등함 또는 흑인의 인종적 특징과 연관을 맺어 백인들로부터 방해를 받지 않을 수 있었으며 여러 지역에서 중요한 문화적 유사물들이 존재하여 아프리카적 요소와 유럽적 요소가 혼합될 수 있는 폭넓은 여지가 있었기 때문이다. 흑인 구전예술은 "한 민족은 …… 그들이 당한 모든 야만적 처사 이상 가는 존재"(SA. 111)라는 엘리슨의 말을 분명히 보여 준다. 흑인 민속을 통해 우리는 흑인들의 고난과 기쁨을 포착할 수 있고 그들의 세계관을 알 수 있으며, 그 민족의 내적인 역동성과 바깥 세계를 바라보는 구성원들의 태도를 더 잘 이해할 수 있게 된다.

수잔 블레이크(Susan L. Blake)는 엘리슨의 『보이지 않는 인간』과 몇몇 단편들, "오후"(Afternoon)(1940), "투산씨"(Mister Toussan)(1941), "내게 날개가 있다면"(That I had the Wings)(1943), "귀향"(Flying Home)(1944) 등에 대하여 백인 사회의 흑인으로서 자신의 문화적 정체성을 추구해 나가는 인물의 이야기(Blake. 77)라고 지적함으로써 이 작품의 화자의 정체성 추구 과정이 흑인의 문화유산과 관련된다고 보았고, 조오지 켄트(George W. Kent) 역시 그의 작품이 흑인 민속에 토대를 두고 있음을 확인하였다(Kent. 152).

1) 흑인민담의 고찰: 단편을 중심으로

여기서는 흑인 민속 문화 중 민담의 역사적 의미를 고찰하고, 그것이 엘리슨의 단편의 화자들의 정체성 확립에 미치게 되는 정신적 배경을 살펴보도록 하겠다. 먼저 민담은 민족의 역사와 세계관을 들여다볼 수 있는 대표적 '구전 문학'이다. 흑인 민담은 미국 노예의 고통스런 삶의 비련과 인종 차별에 대한 흑인의 저항 의식이 아로새겨져 있는 문화적 표현 양식이다. 미국 흑인 문화를 올바로 이해하기 위해서는 구전 문학의 이해가 필요하다. 민담은 미국에서 흑인의 존재를 나타내는 예술 형식 가운데 가장 강력한 표현 양식이다. 허스튼(Zora Neal Hurston)은, 민담은 생활 속에서 만들어 나가는 최초의 창조적 예술일 뿐만 아니라, 자아 발견의 예술이라고 주장한다. 따라서 민담은 독자로 하여금 그 시대의 사회적, 문화적 정체성과 대화할 수 있게 한다는 점에서 중요하다(Hurston. 875).

엘리슨에게 문학적으로 영향을 준 라이트는 "흑인 글쓰기의 청사진"(Blueprint for Negro Writing)에서 흑인 구전 문학이 어떻게 전승되는지를 다음과 같이 말하고 있다. "블루스, 영가, 민담 등은 입에서 입으로 전해져 내려왔다. 흑인 어머니로부터 흑인 딸에게 속삭여져 온 말들, 흑인 아버지가 그의 아들에게 전해 준 은밀한 지혜, 거리 모퉁이에서 소년들끼리 섹스에 대한 경험의 지껄임, 타오르는 태양 아래서 불리는 노동가다"(Wright. 99). 이러한 일상생활에 깊이 배어 있는 구전 문학의 영향 이외에도 엘리슨이 흑인 구전 문학을 작품에 사용하는 이유는, 그가 단지 흑인이기 때문이 아니라, 엘리오트와 조이스 같은 백인 작가들이 그로 하여금 흑인의 민중적 유산에 대한 문학적 가치를 의식하도록 만들었기 때문이다.

엘리슨은 미국 문학에 있어서의 민담의 중요성을 강조하는데, 그가 암시하는 바는 민담이 단지 지역성을 형식적으로 반영하는 것이 아니라, 민족의 토속적 언어로 표현된 사회적 문화적 경험의 체현이며, 민족의 정서와 가치가 미학적으로 드러난 것이라는 점이다. 이러한 민담 속에는 민족의 역사와 주체성이 문화적으로 새겨져 있으며, 민담은 민족정신의 언어적 표현으로서, 민담의 대물림과 이어 감은 민중의 문화적, 정신적 자유의 공간을 확보한다는 점에서 중요한 것이다.

그러나 대중화된 흑인의 문화에서와 마찬가지로, 민담은 자본과 문화적 이익을 위해 상품화되고 악용되어 왔다. 이와 같은 흑인 문화에 대한 백인지배 문화의 부정적 수용은 민담의 주인공에 대한 백인들의 편견에서도 발견된다. 로버트(John W. Roberts)는 "사기꾼으로부터 나쁜 인간"(*From Trickster to Badman*)(1989)에서 흑인 민담은 비인간적 상황에서의 흑인 노예의 동물적 반응에 대한 문학적 수집품에 불과하다고 심지어 말하고 있다(Robert. 35). 그는 흑인 민담에 나오는 주인공들은 사기꾼, 악한, 범죄자들이라고 말하면서 이들에게 영웅적인 행동은커녕, 사회의 질서와 조화를 전복시키기보다는 개인적 이익을 확보하는 자기중심적인 인물들이라고 주장한다(Robert. 29).

흑인 민담에 관한 백인 지배 문화의 편파적 이해는 문화적 타자에 대한 부정적 개념을 극복하지 못한 백인 중심적인 인식론에서 비롯된다. 흑인 민담에 나타난 인물의 영웅적 속성은 결코 유럽적 잣대로 평가될 수 없으며, 흑인 문화 안에서 해석되어야만 한다. 다시 말해서, 흑인 민담의 주인공들은 흑인 지역 사회의 이해관계 속에서 그들의 행위가 결정되어야만 한다. 민담의 주인공들은 백인 사회의 기대로부터 독립되고 일정한 거리를 유지하면서 자신들을 표현하기 때문이다. 흑인 민담의 주인공들은 개인적 욕구를 초월하고 이타적으로 행동하는 인물이다. 또한 공동체적 희망과 가치를 추구하며, 무엇보다도, 재치와 언어적 수완을 발휘함으로써 위기를 모면한다.

예컨대, 허스튼에 따르면, 잭(Jack)이라는 민담의 주인공은 남부의 가장 대표적 흑인 문화의 영웅적 인물이다. 왜냐하면, 그는 본시 착하고, 유머가 있으며, 사람들이 위기에 처할 때마다 도움을 청하고 싶은 슈퍼맨과 같은 사람이기 때문이다. 잭은 모든 악한을 물리치며, 심지어 신보다 더 영악한 악마까지 물리친다. 가령 "잭과 악마"(Jack and de Devil)란 민담에서는 주인공 잭이 재치를 사용하여 악마를 무찌르고 하늘뿐만이 아니라 지상에서도 흑인의 삶을 향상시킨다.

엘리슨의 단편 소설에 나타난 민담의 가치를 평가한 최초의 비평가는 클레인(Marcus Klein)이다. 클레인은 전후 미국 문학에 관한 비평서 『소외 이후』(*After Alienation*)(1962)에서, 엘리슨이 1937년 문단에 등장하면서부터, 1952년 『보이지 않는 인간』을 발표할 때까지 저항 문학에서 벗어나 그것을 극복하기 위해 작품에 몰두했다고 말한다(Klein. 94). 클레인은 이 기간에 쓰인 엘리슨의 단편 소설들은 그가 흑인 구전 문학 전통의 가치를 인식하는 단계로서 대표작 『보이지 않는 인간』으로 향하는 주제적 발전을 보여 준다고 말한다(Klein. 98). 다시 말해서, 엘리슨의 단편은 그의 예술적 성숙도로 향하는 하나의 통과 의례로서 흑인의 문화적 유산을 예술에 반영시킬 가능성을 발견한 것이며, 궁극적으로는 이러한 견습이 역작 『보이지 않는 인간』에서 불가시성이라는 문학적 비유를 통해 백인 중심의 미국 사회에 가려진 흑인의 역사를 드러내고, 흑인의 사회적 부재를 강요하는 백인의 인식의 폭력에 대항하는 힘을 나타내 보이게 하고 있는 것이다. 이미 "단편에서부터 엘리슨의 주된 관심은 인종 차별에 대한 단순한 저항보다는 미국 흑인의 복잡한 정체성의 문제와 보다 광범위한 문화적 공간인 미국 문화와의 관계 속에서 흑인 민족의 보편적 입장을 탐구"하는 데 있었다고 클레인은 주장한다(Klein. 95).

엘리슨의 단편 소설들은 주로 1939년에서 1945년까지 *New Challenge, New Masses, Negro Quarterly* 등의 저널을 통해서 발표되었으며, 단편 모음집 『Flying Home and Other Stories』가 처음으로 출판된 것은 엘리슨이 죽은 지 2년이 지난 1996년이다. 칼라한(John F. Callahan)이 편집한 이 단편집에는 엘리슨의 생전에 발표된 바 없는 6편의 새로운 단편들과 함께 모두 13편의 글이 포함되었다. 13편의 단편은 작품의 주제적 발전 과정과 작가의 예술적 성숙도를 고려해서 연대기적으로 편집되었다. 즉 이 단편들은 30년대 후반의 청년작가의 꿈과 가능성을 보여 주고 있으며 40년대 중반의

완숙기에 접어든 엘리슨의 예술적 성장 과정을 보여 준다. 백인 소년의 관점에서 묘사된 첫 번째 소설 "저 아래 광장에서의 파티"(A Party Down at the Square)를 제외하고는 이 소설들은 20년대와 30년대 초기 작가의 경험을 흑인 소년들의 시점으로 묘사하는 것으로 시작하여, 30년대 경제공황과 40년대 제2차 세계대전을 경험하는 흑인의 기회와 인종차별을 청년의 시각에서 묘사하고 있다. 이 단편들을 통해서 엘리슨은 서술 약식과 시점 등 실험적 기법을 사용하고 있을 뿐만 아니라, 민담과 블루스와 같은 흑인 민족 문화의 전통을 효과적으로 반영하고 있다.

엘리슨이 흑인 민담을 작품에 본격적으로 반영하기 시작한 것은 1941년에 발표한 "투산씨"(Mister Toussan)란 단편에서부터이다. 오밀리(O'Meally)는 "투산씨"를 버스터와 릴리(Buster – Riley) 이야기 가운데 가장 작품성이 뛰어날 뿐만 아니라 구성적 짜임새와 강력한 메시지를 전달하고 있다고 평한다(O'Meally. 63). 특히, 흑인의 토속적인 언어와 리듬으로 쓰인 이 이야기에서 두 소년 버스터와 릴리는 학교 선생님으로부터 들은 18세기 말, 세계 역사상 자주적 투쟁을 통하여 백인 지배로부터 최초로 벗어난 하이티(Haiti)의 투산(Toussan)이란 흑인 영웅에 관한 민담을 소개하고 있다. 엘리슨이 투산에 관한 민담을 사용한 것은 미국의 경우처럼 백인에 의한 수동적 노예 해방보다는, 흑인의 주체적 입장에서 스스로를 교육하고, 민중과 문화를 공유함으로써 인종의 문화적 입장 찾기를 통한 정체성의 추구를 보여 주려는 것이다.

이 단편소설의 머리에는 흑인 노예 문학의 서사로 자주 사용되는 다음과 같은 민담을 쓰고 있다.

옛날 옛날에는
오리가 와인을 마시고
원숭이가 담배를 질겅질겅 씹다가
흰 라임을 뱉었다(*FO.* 22)

이야기 머리에 뱉어진 '흰 라임'은 흑인들의 내면세계를 지배하고 있는 백인 문화의 가치를 뱉어 내는 것으로, 소년들에 의해서 백인 노인 로건(Rogan)에게 수사적으로 뱉어진다. 왜냐하면 로건이란 백인은 체리 나무의 체리를 새들이 먹을지언정 '어린 흑인 놈'(little nigguh)(*FO.* 22)에게는 줄 수 없다며, 떨어진 체리를 주어 가겠다는 버스터와 릴리를 내쫓기 때문이다. 그러자 소년 중의 하나는 "나무가 그의 머리 위에 스러져 그를 죽여 버렸으면 좋겠다"(*FO.* 22)라고 하며 저주를 퍼부으면서 지나가고, 다른 소년은 몰인정한 백인 노인에게 "백인들은 상식이 없단 말야"(*FO.* 23)라고 말하면서 지나쳐 버린다. 계속해서 길을 걸어가던 두 소년은 릴리의 어머니가 백인들이 맡긴 삯바느질을 하면서 부르는 다음과 같은 흑인 영가를 듣게 된다.

내게는 날개가 있고, 너에게도 날개가 있다,
모든 신들에게도 날개가 있고
내가 날개를 휘저어 천국에 다다랐을 때
모든 이들이 거기는 천국이 아니라고 얘기하고 있었다
천국, 천국, 나는 신의 나라로 날아갈 것이다(*FO.* 24).

이 흑인 영가를 들은 버스터는 이 노래를 부를 수 있으면 좋겠다고 부러워하자, 릴리가 "만약 네게 날개가 있다면, 뭘 하고 싶지?"(*FO*. 24)라고 묻는다. 버스터는 "나는 독수리보다 더 멀리 날아…… 색깔이 자유로운 곳이면 그 어느 곳이든 갈 테야"(*FO*. 25)라고 말하면서 자유의 꿈을 이야기한다. 이 영가는 원래 구속당한 노예들이 자신들의 고통의 보상은 하늘나라에서 받게 될 것이라는 구세대 흑인들의 종교적 체념을 담고 있는데, 버스터와 릴리는 구세대의 현세의 굴종과 내세의 희망과는 달리 이 세상에서 날개를 얻어 자유의 땅, 구체적으로 선조들의 고향, 아프리카에 가기를 희망하고 있다. 릴리는 아프리카 사람들은 백인들이 말하듯이 모두 게으름뱅이 늘보들은 아니라고 말하면서 흑인들을 부정적으로 획일화한 백인들의 차별적 담론에 저항한다. 그러자 순진한 버스터는 "지리학 책에서 배웠는데, 그들[아프리카인 들]이 전 세계에서 가장 게으른 민족이래, 정말 검고 개으른 민족!"(*FO*. 25)이라고 주장한다. 이 말을 들은 릴리는 큰 소리로 아니라고 부정하면서, 지리 교과서의 내용은 백인들이 날조한 흑인들에 대한 편견이라고 한 학교 여선생님의 이야기를 전하면서, 선생님이 들려준 흑인 영웅 '투산'의 이야기를 들려준다.

이 단편에서 투산은 역사적 영웅 카리브 해의 하이티(Haiti) 인이 아니라 하이티(Hayti)에서 온 아프리카 사람으로 임의적으로 꾸며져 있다는 점에서 역사 속의 투세인트(Toussaint)와는 다르다. 또한 민담에서는 투세인트가 나폴레옹 군대를 무찌르고 하이티(Haiti)의 해방을 이룩하지만, 그의 아들을 볼모로 데리고 있는 나폴레옹 군대에 자진 체포되어 형무소에서 수감된 뒤 죽은 것은 묘사되지 않고, 단지 나폴레옹 군대를 무찌른 흑인의 영웅으로서, 무릎을 꿇고 비는 백인 군인들에게 "너희 백인 녀석들, 어떻게 너희들은 우리만을 유색인종이라고 말할 수가 있지"(*FO*. 29)라고 호통치면서, 백인들의 유색인 식민 찬탈을 꾸짖었다는 신화적 이야기로 재미있게 꾸며 있다. 이 민담을 나누어 가지면서 소년들은 검은 피부에 그동안 갇혀 있던 흑인성에 대한 백인들의 편견에서 벗어나 자부심과 용기를 얻는 정신세계의 해방을 경험한다. 한 마디로 이 단편은 투산의 해방적 역사를 토대로 두 소년의 기지에 찬 내면적 이야기를 흥겹게 엮어 나가고 있다. 마지막 장면에서 두 소년은 투산에 관해서 "그는 좋고, 깨끗한 사람, ……그는 최고였어"(*FO*. 30)라고 하면서 춤과 노래로 이야기를 끝맺고 있다.

작가의 머리글로 시작한 민담이 어머니의 흑인 영가로 연결되어, 두 소년의 주체적 입장으로 여과되어 투산의 민담을 나누어 갖게 만들고, 마침내는 소년들의 목소리로 직접 자신들의 민담을 만들어 내는 창조적 순환 과정을 보여 주는 것이다. 바로 이 같은 민담에 의한 숨은 구조 때문에 오밀리는 "투산씨"를 버스터와 릴리의 이야기 가운데 가장 짜임새 있고 가장 호소력 있는 단편이라고 말했을 것이다(O' Meally. 63).

"투산씨"는 『보이지 않는 인간』을 비롯한 그의 문학 세계의 기본 주제와 직결되는 여러 요소들을 내포하고 있다(Busby. 29). 예컨대, 강요된 현실에 대한 갈등, 풍부한 언어와 상상력, 무엇보다도 문화적 정체성을 공고히 하는 민담의 역할은 대단히 중요하다.

1943년에 발표된 "내게 날개가 있다면"(That I Had the Wings)에서도 제목이 암시하듯 자유의 가능성으로서의 '날개'의 이미지는 계속 사용된다. 이 단편은 "투산씨"(Mister Toussan)처럼 이야기의 표면적 전개에서 흑인 전통의 민담적 요소가 드러나며, 주제, 구조 면에서 『보이지 않는 인간』에서처럼 블루스의 자유로운 형식과 긍정성을 내포하고 있다. 다른 버스터-릴리 이야기처럼, 세대 간의 갈등을 묘사하는 동일한 패턴을 유지하면서 기성세대로 릴리(Riley)의 어머니 대신 안트 케이트(Aunt Kate)가 등장하는 것이 다르다.

이 소설은 참새가 새끼에게 나는 법을 가르쳐 주려 하지만 새끼 참새가 주저하고 있는 것을 릴리가 구경하고 있는 장면에서 시작된다. 릴리는 어미 참새가 없을 때, 새끼 참새가 날아 보려고 시도하는 것을 발견하고 흥미롭게 생각한다. "그 새는 하늘을 향해 날아 보려고 온 힘을 쓰다가, 푸드덕거리다, 떨어져 버린다. ……육지로 떨어지지 않게 날개를 거세게 휘젓는다"(FO. 46)라고 묘사하는 이 장면은, 구세대의 도움 없이도 신세대는 자기들의 독특한 방법으로 과감하게 자립을 시도해야 한다는 것을 우화적으로 보여주고 있다.

릴리는 그 전날 교회 지붕에 비둘기를 잡으러 올라간 것 때문에 집 밖 외출이 금지된 상태이다. 놀러 온 친구 버스터가 실망하고 돌아가려 하자, 릴리는 즉흥적으로 "내가 이 미국의 대통령이라면"이란 제목의 블루스를 부르면서 버스터의 관심을 끈다. 바로 그때, 안트 케이트가 그 노래를 듣고, 릴리를 꾸짖으며 백인들이 들으면 큰 일 난다고 하면서, 흑인 어린이들은 흑인 영가와 같은 노래를 불러야만 한다고 하면서 흑인 어린이의 자유로운 상상력을 억압한다. 그러자 릴리는 목이 말라 노래를 부를 수 없다고 말함으로써 굴종적이고 현실 도피적인 영가를 부르기를 거부한다. 바로 이 순간에 릴리는 우연히 둥지에서 날지 못해 바둥대고 있던 새끼 참새가 드디어 혼자서 날갯짓하면서 날아가 버리는 것을 목격하게 된다. 안트 케이트는 릴리를 더 호되게 야단치면서 흑인 영가를 따라 부를 것을 강요한다. 릴리는 그러한 안트 케이트를 낮에는 백인들을 위해 일하다가 밤이 되면 교회에 가서 성경을 읽는, 백인과 하나님밖에 모르는 '노예시대로 되돌아가 태어난'(*FO*. 49) 수치스런 흑인이라고 생각한다.

안트 케이트가 참다못해 가 버리자 릴리는 버스터를 향해서 다시 즉흥적으로 블루스를 불러 댄다. 그리고 "버스터, 넌 누군가가 우리에게 나는 법을 가르쳐 줬으면 하고 바라지 않니?"(*FO*. 58)라고 물으면서 수탉 '늙은 빌(Ole Bill)'을 날도록 해 주자고 제안한다. 버스터는 닭은 날 수 없다고 말하지만, 릴리는 끝까지 닭도 날 수 있다고 고집하고 지붕에 올라가 새끼 수탉을 낙하산 같은 것에 매달아 날도록 시도한다. 이 광경을 목격한 안트 케이트가 엄마에게 일러 혼나게 할 것이라고 으름장을 놓자, 릴리는 "나는 케이트 고모가 정말 싫고, ……나는 고모가 차라리 노예시대에 죽어 버렸었으면 해요"(*FO*. 61)라고 하면서 자신의 자유를 향한 동심을 이해 못하는 구세대를 원망한다. 그리고 울면서 버스터에게 말한다. "잠시 동안 그들은 날고 있었다. ……우리는 그 새끼들을 날게 할 수도 있었는데…… 거의……"(*FO*. 61) 하면서 못내 아쉬워한다.

이와 같이 이 단편은 참새와 닭의 차이를 비유로 들어 릴리의 자유의 가능성에 대한 소망과 암담한 현실 사이의 갈등은 물론 흑인 신세대와 구세대의 입장의 차이에 대해서도 설명하고 있다. 릴리는 강압적이고 불가시적 현실 세계에 체념적으로 안주하기를 거부하고, 새끼 참새처럼 한시적 한계를 극복하고 궁극적으로 비상하여 자유를 경험하고 자신만의 세계를 구축하고 싶어 하는 강렬한 욕망을 보여 주고 있다.

엘리슨의 또 하나의 단편, "귀향"(Flying Home)의 구성은 비교적 단순하다. 훈련 비행 도중 기체 고장으로 백인 인종 차별주의자 그레이브(Dabney Graves)의 농장에 불시착한 흑인 조종사 토드(Todd)는 늙은 흑인 농부 제퍼슨(Jefferson)의 도움으로 백인 문화가 강요한 환상에서 벗어나 흑인의 주체적 입장을 회복한다는 줄거리이다. 그러나 이 단편에 숨겨진 상징적 의도는 대단히 복잡하다. 먼저 이 이야기는 엘리트 의식을 갖고 있는 개인으로서 흑인이 공동체로서의 흑인 사이의 복잡한 상호 관계를 우화적으로 보여 주고 있다. 또한 이 이야기는 백인의 흑인에 대한 인종 차별이 이야기 안의 현실 세계와 상상의 세계에서 병치되어 나타난다. 더욱 중요한 것은, "귀향"은 민담을 이야기 속의 이야기라는 내러티브를 사용하면서 민담이 그 안에서 어떻게 극적으로 작용할 수 있는지를 보여 줄 뿐만 아니라, 주제와 인물, 극 전개를 강화해 나가는지를 보여 준다. "귀향"에서의 민담은 이야기 영역에 침투하여 자기의 공간을 확보하여 이야기와 상호 대화적인 관계를 유지한다.

"귀향"에서의 민담의 화자 농부 제퍼슨은 이야기 전개상 흑인 특유의 기지와 지혜를 보여 줄 뿐만 아니라, 이야기 전체의 주도적 위치를 차지한다. 『보이지 않는 인간』에서처럼, 엘리슨은 자신의 관점을 대변하는 주인공을 선택하여 자신의 내면 의식으로부터 나오는 목소리를 전달한다. "토드가 깨어났을 때"(When Todd came to)(*FO*. 147)로 시작하는 이 이야기는 주인공이 불시착을 한 뒤 의식을 차리는 것을 의미할 뿐 아니라, 이 단편의 주제라 할 수 있는 주인공의 정신적 깨어남을 암시하고 있다. 이 단편의 주인공 토드의 기본 문제는 '보이지 않는 인간'과 마찬가지로 '이중 의식'에 갇혀 살면서 흑인의 정체성을 상실하고 있다는 점이다. 토드는 타자의 눈을 통해 자아를 보는 세상의 잣대로 자신의 영혼을 가늠하는 타자와의 주체적 대화 능력을 상실한 인물이다. 그는 자신이 백인 조종사처럼 용감하고 지적인 미국인을 열망할 뿐, 자신의 진정한 문화적 정체성인 흑인성을 회피하고자 의식적으로 노력한다. 그럼에도 불구하고 토드는 비행장을 구경하러 온 흑인 노인들을 즐겁게 해 주기 위해 자신이 조종 기술을 자랑스럽게 보여 준다. 그러나 그들이 자신의 기술을 이해하지 못할 것이라고 생각한다. 이 점에서 개인적 엘리트 의식과 흑인 민중과의 거리감을 드러낸다. 이같은 토드의 민중과의 괴리감을 엘리슨은 다음과 같이 표현하다. "그는 나이로, 이해의 문제로, 분별력이나 기술의 문제로, 다른 사람의 평가의 거울에 의해 자신을 평가해야 하는 필요 때문에 그들과의 괴리감을 느꼈다"(*FO.* 15). 토드는, 듀 보아의 말처럼, 검은 몸뚱이 안에 갇혀 있는 두 개의 양립될 수 없는 이상이 서로 충돌하는 양면적 실체인 것이다. 따라서 토드의 정신세계는 칼로 양분한 것처럼 둘로 나뉘어 있는 양면성을 드러낸다.

이런 이중 의식에 갇혀 살던 토드가 훈련 중 새 떼들에 의해 시야를 가려 결국 비상 착륙을 시도한다. 주인공이 비행 중 시야의 상실로 인해서 추락한 것은 상징적 의미를 지닌다. 허위의식을 지닌 주인공이 비행을 하는 것은 진정한 의미의 자유로운 비행이라 할 수 없고, 그것은 결국 시야를 상실한 눈먼 비행인 것이다. 따라서 주인공의 추락은 아이러니하게 눈멂에서 성찰로 향한 눈뜸과 깨어남을 위한 추락이라고 할 수 있다. 또한 이 추락은 제퍼슨이라는 민담가와의 상호 주체적 관계를 유도하는 진정한 자아실현을 위한 추락인 것이다.

추락 후, 잠시 후 의식을 차리고 나서 자신을 물끄러미 내려다보고 있는 흑인 농부 제퍼슨과 그의 아들 테디(Teddy)를 보았을 때, 토드는 그들이 백인인지 흑인인지를 구별할 수 없을 정도로 시력이 회복되지 않았다. 그에게 무언가 실마리를 준 것은 그들의 목소리였다. 제퍼슨이 그에게 마을까지 데려다 주겠다고 제안하자, 비록 그가 점잖고, 친절하고, 도움을 주려 하는 것을 알면서도, "나는 결코 그가 이해할 수 있게 만들 수는 없을 거야"(*FO*. 149)라고 생각하며, 토드는 자신을 그 늙고 무식한 흑인 노인과 같은 흑인으로 동일화하려는 것을 거부한다. 토드는 제퍼슨이 자기가 무엇을 느끼고 있는지를 이해하지 못한다고 단정하면서도, 토드는 과거에 조종사들을 구경하러 비행장에서 온 흑인 노인들을 연상한다.

처음에 토드는 노인들이 자기를 보면서 부러워하자 자부심과 삶의 의미를 느낀 것을 기억한다. "그러나 이내 곧 그는 그들이 자신의 업적을 전혀 이해하지 못하며 자신을 수치스러워하고 당혹해함을 알게 되었다. 마치 바보에 대해 하기 싫은 칭찬을 하고 있는 듯 말이다"(*FO*. 152). 결국 '무지한 흑인들'과 '겸손한 백인'(*FO*. 152)이라는 이중적 가치에 사로잡힌 토드는 백인의 기준에서 자신의 가치를 인정받기를 원한다. 그러나 토드는 흑인들에게도, 백인들에게도 자신을 정체성을 동일화할 수 없다는 것을 느낀다.

그리고 토드는 비행기의 불시착으로 인한 자신의 개인적 실수가 흑인 전체의 인종적 실수로 간주되는 백인들의 인식에 고통을 느끼고, "세상에는 유일하게 한 가지 중요한 것이 있는데, 그것은 비행기에 타는 것이다"(FO. 148)라고 하면서 비행기를 물신화하는 허위의식을 드러낸다. 토드에게 비행기는 벗어나면 살 수 없는 일종의 이데올로기적 구명 재킷과 같은 존재이다. 그래서 토드는 "나는 그것 없이는 벌거벗은 거나 다름없다. 기계가 아니라, 당신이 걸치고 있는 한 벌의 옷이다"(FO. 151)라고 말한다. 또한 토드는 그 추락 광경을 목격한 백인들로 가득 찬 거리를 연상하고, 수치감을 느낀다. 동시에 토드는 여자 친구로부터 온 편지 내용을 떠올린다. 이 단편에서의 토드의 여자 친구의 편지는 대단히 중요한 역할을 수행한다.

그녀의 편지는 흑인의 부정적 이미지, 획일화에 저항하는 흑인의 의식과 능력을 입증해야만 한다는 부담감과 개인과 집단의 정체성 문제, 흑인들 사이의 내부적 차별의식 등의 이중의식과 관련된 모든 면을 드러내 주고 있다. 그녀는 "나는 때때로 그들이 우릴 놀리고 있다고 생각해. 매우 수치스러운 일이지"(FO. 150)라고 쓰면서 토드가 비록 훈련 조종사이지만 그가 결코 실제 비행에 배정받지는 못할 것이라고 의심한다. 그러나 토드는 과연 그녀가 모멸감이 무엇인가를 알고 있는지를 반문하면서, 토드에게 있어 모멸스러운 것은 자신을 개인으로 인정하지 않는 백인들의 인식의 폭력에서 비롯된다. 요컨대, 그의 사고에 의한 실수 아닌 실수는 흑인 전체에 대한 치명적 실수로 간주되는 사회적 인식에 대해서 토드는 두려워하고 있는 것이다.

반어적으로 토드는 자신도 이러한 백인 사회의 인식의 폭력을 흑인 노인 제퍼슨에게 같은 심정으로 전달한다. 토드는 그를 무식한 농부로 간주하지만, 사실 독자들은 그 노인이 토드가 생각하고 있는 것과 같은 그런 노인인지는 알 수 없다. 다음 부분에서 아이러니는 더 심화되는데, 이는 농부 제퍼슨의 시간과 공간 의식은 토드가 상상하는 것보다 훨씬 복잡하고 이야기의 구성과 의미를 보다 심화시키기 때문이다. 제퍼슨의 이야기는 토드의 의식의 깨진 틈 사이로 들어가 토드의 문화적 정체성이 무엇인지를 일깨워 준다.

흑인 농부 제퍼슨이 토드에게 하늘 높이 날기를 원하는 이유를 묻자, 토드는 "왜냐하면 그것을 세상에서 가장 의미 있는 일이고…… 또한 나를 당신과 덜 닮게 하기 때문이죠"(*FO.* 153)라고 생각할 뿐 대답은 하지 못한다. 대신에 토드는 단지 그가 그것을 좋아하기 때문이라고 답한다. 그러자 제퍼슨은 토드에게 자신의 거짓말 같은 꿈 이야기를 들려준다. 제퍼슨의 이야기는 흑인 민중의 언어에 담겨져 있는 재치와 화술을 그대로 반영하면서, 듣는 이로 하여금 민중의 정서와 연대감을 흠씬 느끼게 한다. 토드로부터 석연치 않은 대답을 들은 제퍼슨은 토드에게 이렇게 말하기 시작한다. "나는 가서 유색의 천사들이 있는지 찾아봤지 ─ 난 내가 직접 검은 천사들을 보고서야 그 사실을 믿게 됐지, 그렇고말고!"(*FO.* 157). 여기서 노인 제퍼슨은 민담을 통해서 자신의 이야기의 의도와 권위와 감수성을 효과적으로 전하는 데 성공한다. 그는 계속 말하기를, "난 천국으로 가서 바로 날개를 돋아나게 했지. 그들은 여섯 개의 발을 가진 날개들. 흰 천사들이 가진 것과 똑같은 날개였지"(*FO.* 157)라고 한다.

흑인 구전문학 전통의 모든 이야기 상황을 그대로 재현하듯이, 노인은 가상의 관객에게 날갯짓하는 흉내를 내면서 이야기를 풀어

나간다. 마침내 그는 흑인 천사가 날아다닐 때는 특별한 장비를 착용해야만 하는 것을 발견한다. 왜냐하면 흑인 천사는 특별히 힘이 세야 하기 때문이었다. 여기서 진정한 흑인 천사의 이미지는 흑인 노인의 정체성을 확인시켜 준다. 민담은 현실 세계를 변화시키는 초현실적 요소를 나타내 보이지만 결코 환상은 아니며, 오히려 사회적 현실을 파악하는 수단이 된다.

다른 단편들과 마찬가지로, "귀향"에서도, 민담은 분명히 사회적 상황과 현실과 관계있으며, 현실을 배경으로 그 기능을 수행한다. 그리고 이 단편에서 민담은 현실의 억압으로부터 해방하는 상상력을 제공한다는 점에서 중요하다. 다시 말해서, 민담의 이야기는 표현의 출구이자, 메타포이자, 문제를 탐구하는 수단인 것이다. 민담이란 자유의 형식이면서 동시에 인간을 자유케 하는 형식인 것이다. 민담을 이야기할 때 구전은 현실을 강화하고, 보완하며, 현실을 토대로 작용한다. 노인이 토드에게 자신도 비행기 조종사라고 말하면서, 비행할 때에 자신의 용기와 기술 그리고 성격에 대해서 말한다. 이것은 그가 자신을 드러내고 정체성을 발견하는 것이 바로 민담을 통한 것임을 의미하며, 민중의 전통이 인간성을 복원시키고 주체적 관점과 진정한 자아를 확인시켜 준다는 것을 말한다. 노인은 장비를 착용하는 것을 거부한다.

농부는 자신이 속한 민중의 이야기를 통해서, 인간에게 천부적으로 부여된 평등 의식을 주장하고 민중의 주체적 입장을 발견하고자 한다. 이와 같은 이야기를 통한 새로운 자아형성은 토드가 처음 가졌던 그 농부에 대한 이미지와는 전혀 다른 모습으로 다가오는 것이다. 또한 그 농부는 흑인 문화 전통 속에서 지혜와 기지, 용기와 유머, 풍자를 주체적으로 차용하고 있는 것을 보여 주고 있다. 특히 그의 풍자는 상징적 색채가 짙다. 그는 말한다. "난 별들에게 날아갔다 다이빙을 해 달 주변을 맴돌았지. 이 사람아, 난 늙은 흰 천사들에게서 악마를 두렵게 만들곤 했지. 난 마침내 자유라는 사실을 알고 너무 기뻤어"(*FO*. 158). 이렇듯 민담을 통해서 제퍼슨은 백인의 가치관에 갇혀서 흑인의 문화적 정체성을 상실한 토드에게 민담을 통해 자유를 경험하도록 유도한다.

제퍼슨이 구사하는 민담의 구어적 표현은 풍부하고, 과장 섞인 흑인들의 민중적 언어의 기지를 보여 주고 있다. 제퍼슨은 계속해서 토드에게 말한다. "난 우연히 별들의 모서리를 건드렸더니 그들이 내가 폭풍을 일으켜 메이콘 카운티에서의 교수형을 야기시켰다고 말하더군"(*FO*. 158). 그러나 토드는 제퍼슨의 의도를 간과하지 못하고 오히려, 그가 자신을 조롱하고 있다고 생각한다. 즉 제퍼슨의 이야기는 청자 입장에서 토드에게는 전혀 다른 의미로 해석되고 있는 것이다. 이것은 아직까지 둘 사이의 의사소통이 전혀 이루어지지 않고 있음을 의미한다. 그럼에도 불구하고, 제퍼슨의 이야기는 토드의 의식으로 침투하기 위하여 집요하게 계속된다. 다시 말해서, 하늘을 비행한 흑인 천사는 너무 훌륭한 조종사로 판명이 나지만, 하늘나라의 행정 책임자 성 베드로[10]에게 속도위반이라는

10) 이 단편의 제목과 단편에 소개되는 제퍼슨의 이야기 속의 이야기는 흑인 구전 문학 "Flying Fool"을 연상시킨다. 민담 "Flying Fool"은 인종 차별의 우화를 단적으로 보여 줄 뿐만 아니라, 백인 사회에서의 흑인의 한계를 절실히 보여 준다. "Flying Fool"은 죽어서 하늘에 올라간 한 흑인의 조물주 하나님을 만나고자 성 베드로에게 면담 신청을 하자, 하나님은 외출 중이라고 핑계를 대고 흑인은 면회 사절임을 암시한다. 그러자 흑인은 성 베드로가 화장실을 간 사이에 날개를 훔쳐 몰래 천국 문 안으로 들어간다. 이 사실을 안 성 베드로는 천국 경찰을 시켜 주인공 흑인을 추방시킨다. 천국에 잘 다녀왔냐고 묻는 친구에게 그는 천국은 흑인들에게 입장 금지이며, 내가 거기 있는 동안에는 흑인이 아니라 'flying fool'이었다고 얘기하

경고를 당한다.

성 베드로의 말을 『보이지 않는 인간』의 제18장에서 주인공이 받은 다음과 같은 경고성 익명의 편지 내용을 연상시킨다. "너무 빨리 달리지 마십시오. ……이것은 백인의 세계이니 말입니다. 그들은 당신이 너무 빨리 달리는 것을 원치 않고, 만일 그럴 경우 당신을 제거할 수 도 있을 겁니다"(IM. 383). 그리고 마침내, 성 베드로는 계속해서 말한다. "제퍼슨, 자네는 가야만 해!" 그리고 이야기를 잠시 멈춘 제퍼슨은 토드에게 "나도 그 늙은 백인에게 주장도 해 보고 간청도 해 봤지만, 조금도 좋을 게 없었네. 그들은 당장에 날 문간으로 데려가 낙하산을 주고 앨라배마 주의 지도 한 장을 쥐어 주더군"(FO. 160) 하고 설명한다. 그리고 이야기는 계속된다. "그래서 난 그에게 말했지. '당신들은 내 날개를 빼앗아 가 버리는군요. 그리고 나를 내쫓는군요. 당신들은 그것에 대한 책임을 져야 할 거요!'"(FO. 160) 하며 노인은 웃음을 터뜨렸다. 그 웃음소리에 토드는 오로지 엄청난 폭력으로만이 씻어 낼 수 있는 지독한 모멸감을 느꼈다. 왜냐하면, 제프의 웃음소리에는 마치 블루스의 유머처럼 양면적 속성이 숨어 있기 때문이다. 즉 제퍼슨의 웃음소리는 흑인을 차별하는 하늘나라에 대한 풍자적 해학이면서, 이야기의 직접적인 청자 토드의 환상을 깨는 효과를 동시에 누리고 있다.

그러나 토드는 제퍼슨이 거짓말 같은 이야기를 블루스를 부르듯이 즉흥적으로 만들어 나가면서 웃음을 터뜨리자, 함께 웃음에 동참하기를 거부한다. 왜냐하면, 제퍼슨의 웃음에 동참하는 것은 이

는 것으로 이야기는 끝이 난다. The Norton Anthology of African American Literature(1997) 117~18. 참조.

야기 화자와의 공감과 연대를 의미할 뿐만 아니라, 지금까지의 자신의 삶이 실패했다는 것을 인정하는 셈이 되기 때문이다. 그럼에도 불구하고 제퍼슨의 이야기는 블루스처럼 모든 흑인의 무의식에 새겨 있는 고통스런 노예 시대의 기억을 불러일으킨다. 생존 전략으로서의 블루스는 참혹한 경험에 대한 억압적이고 고통스러운 기억을 포착할 뿐 아니라, 과장되고 역설적 이야기 전개로 고통을 외면화하고 극복한다. 따라서 민담과 블루스가 성공적인 효과를 거두기 위해서는 흑인의 고통스런 경험을 적극적으로 수용해야만 가능하다. 토드가 제퍼슨의 이야기에 웃음으로 동참하지 못하는 것은 토드의 중산층 엘리트 의식이 그로 하여금 제퍼슨과 같은 민중과 연대하기를 주저하게 한다.

토드는 노인이 거짓말 같은 농담을 하고 있구나 하고 금방 알아챈다. 그러나 사실 여기서 민담의 희극적인 요소와 만화적 묘사, 패러디, 과장 어법 등과 같은 것 사이의 구별은 쉽지 않다. 농담의 이 두 가지 요소는 엘리슨의 작품에 다 반영되고 있다. 다시 말해서 희극과 사회비평적인 것과의 긴장 관계로 형성된 블루스의 해학이 바로 엘리슨의 작품의 특성인 것이다. 이것은 또한 독자들의 인식 구조에 각인된 흑인들의 획일적 이미지를 넘어서서 보다 복잡한 차원으로 발전시키는 블루스의 이중적 비전(double－vision)이라는 점에서 중요하다. 토드는 제퍼슨의 이야기가 농담이면서 동시에 자신을 비웃고 있다고 생각한다. 이 같은 토드의 태도는 흑인 사회 내부에 존재하는 중산층의 하층 민중에 대한 편견에서 비롯된다고 할 수 있다. 토드는 노인을 백인들이 듣기 좋아하는 류의 이야기를 주절대는 광대 따위로 간주한다. 일견 제퍼슨의 이야기는 토드가 직면한 현실에는 아무런 의미를 부여하지 못하는 듯 보인다.

그러나 제퍼슨의 이야기는 토드로 하여금 그의 어린 시절을 회상하도록 유도하고, 토드의 어린 시절 비행기에 대한 욕망은 제퍼슨의 하늘나라 비행이라는 민담을 통해 흑인의 억압된 욕망 구조의 표현이라는 공통분모를 형성한다. 토드는 장난감 모형 비행기를 처음으로 보았던 어린 시절을 회상하며, 어머니에게 장난감 비행기를 사 달라고 조르면서 나무로 된 모형 비행기를 만든다. 어머니는 부질없는 짓이라고 말하면서 비싸다는 이유로 사 주기를 거부한다. 어느 날 하늘에 나는 비행기를 본 어린 토드는 육안으로 작게 보이는 비행기를 손으로 잡으려고 하지만 잡히지 않는다. 어머니는 이런 토드의 행동을 보며, 어리석다고 말하면서, 그것은 조그만 장난감들이 아니라 진짜 비행기라고 설명한다. 어린 토드에게 비행기는 릴리와 버스터 이야기에서의 날개처럼 자유를 욕망하는 일종의 이데올로기적 장치로 작용하며, 제퍼슨이 하늘나라 비행에 대한 민담을 통해 토드로 하여금 어린 시절을 회상하도록 유도한 것은 민담이 억압된 무의식을 불러일으키는 효과를 유발하는 것을 보여 준 것이다.

흥미로운 것은 토드가 어린 시절을 기억하는 장면에서 이야기 서술이 3인칭에서 1인칭으로 시점 전환을 한다는 점이다. 1인칭으로의 전환은 제퍼슨의 3인칭 서술과 상호 보완적 관계를 유지하며, 동시에 토드와 제퍼슨과 상호 주체적 대화의 가능성을 암시한다. 토드의 어린 시절에 대한 1인칭 서술은 제퍼슨의 이야기처럼 액자 소설의 역할을 하면서 또 다른 관점으로부터의 사회적 현실을 제공한다. 여기서 토드의 어린 시절의 기억은 제퍼슨과의 대화의 고리를 제공한다. 왜냐하면, 토드의 기억 속의 여행이 끝난 뒤, 토드와 제퍼슨 사이에 유지된 거리감이 무너지기 시작하기 때문이다. 다시 말해서 어린 시절 토드가 비행기를 소유하고자 했던 욕망에 대한 기억은 흑인 민중의 자유에 대한 무의식적 욕망과 관계하는 것으로, 토드가 평생 추구해온 흑인 비행사의 꿈이 제퍼슨이 민담을 통해서 의미하고자 하는 하늘나라에서의 자유로운 삶에 대한 욕구와 만나고 있기 때문이다.

토드가 제퍼슨과의 관계에서 계급적 거리감을 제거하고, 흑인으로서의 연대감을 형성하기 시작한 것은, 제퍼슨이 백인 농장주 그라베스(Dabney Graves)를 설명하는 이야기 후반이다. 아들에게 토드를 도와주기 위해 백인 농장주 그라베스 씨를 데리고 오라고 말한 제퍼슨은 그라베스 씨가 어떤 인물인지 다음과 같이 설명한다. "모든 사람들이 데브니 그라베스에 대해서는 잘 알고 있지, 그 유색인 말야. 그는 우리를 죽여 버렸어"(*FO*. 167). 제퍼슨이 이렇게 말하자 토드는 그 사람들이 무엇을 잘못했기에 그라베스가 그들을 죽였냐고 묻자, 노인은 자기들도 사람이라고 생각한 것이 죄라고 답한다. 토드는 그러면 왜 당신은 여기에 있느냐고 물으면서 도망가라고 말하자, 제퍼슨은 갈 곳이 없는 몸이라고 말하면서 미국 사회에 갇혀 사는 흑인의 운명을 체념적으로 말한다. 엘리슨은 제퍼슨을 통해서 인간성을 거부당하는 억압적 상황 속에서도 끈질기게 살아가야만 하는 흑인의 모순적, 역설적 운명을 이야기하고 있다.

제퍼슨은 계속해서 그라베스에 관한 이야기를 토드에게 들려준다. 백인의 흑인에 대한 유희적 태도는 그라베스의 농담에서 발견되며, 그의 농담은 흑인을 더 어려운 곤경으로 몰고 간다고 말한다.

그라베스는 괴짜라고 이야기를 꺼내면서, 다음과 같이 말한다. "그는 늘 농담만을 하지. 그는 지옥을 의미한다고 말할 수 있지. 그는 백인에 대항하는 유색인종에게서 언제든 등을 돌릴 수 있는 인물이야. 그 밖의 다른 여러 이유로, 난 그를 싫어해. 그는 차가운 돌처럼 그 종족을 떠나 버리지. 그에게 그것은 농담에 불과해"(*FO*. 168).

이와 같은 인종 차별주의자 그라베스의 본색은 토드와의 대면에서 그대로 드러난다. 군 당국이 토드에게 무어라고 명령을 내렸든 관계없이 그는 다음과 같이 말한다. "흑인놈아, 네가 군인이든 아니든, 당장 내 땅에서 나가! 그 비행기는 세금에 의해 사들인 것이니 이 땅에 두어도 좋다. 그러나 넌 썩 꺼져. 네가 살았든 죽었든, 그건 내게 전혀 중요하지가 않아"(*FO*. 172). 그는 또 제프와 테디에게 검은 독수리를 검둥이 비행장으로 데려갔으면 좋겠다면서 서슴없이 인종 차별적 언행을 자행한다. 그리고 그라베스는 흑인 인종 전체에 대한 모욕적인 말을 던진다. "너희들 모두, 너희들 흑인들은 그 정도 높이까지 일어서서는 안 된다는 걸 잘 알고 있겠지. 흑인의 두뇌는 그 정도로 성장할 수 가 없지."(*FO*. 171).

그때부터 토드는 점차적으로 노인과의 거리감으로부터 벗어나 흑인 농부 제퍼슨과 그의 아들 소년 테디와 연대의식을 느끼기 시작한다. 농부와 소년과 같은 흑인들이 압도적인 소외감으로부터 자신을 해방시킬 수 있을지 모른다는 희망과 알 수 없는 두려움이 동시에 교차함을 느낀 토드는, 이윽고 제퍼슨과 테디의 흑인성을 인식하게 되고, 오랫동안 잊고 살아온 자신의 흑인성을 마침내 인식하게 된다. 엘리슨은 토드의 느낌을 이렇게 묘사한다. "그것은 마치 소외로부터 벗어나 고양되는 듯한 느낌이었다. 인간들의 세상으로 되돌아가는 그런 느낌말이다"(*FO*. 172).

토드의 계급적 차이를 넘어선 흑인 공동체로의 귀환과 이 소설의 현실에서 보여 주는 흑인 엘리트 토드에 대한 백인 그라베스의 차별은, 민담에서 보여 준 하늘나라의 성 베드로의 흑인 천사의 차별과 이야기 안에서 적절한 관계를 유지하면서, 결국 토드가 거짓 이야기로 간주한 하늘나라에서의 차별이 이야기 현실에서 직접적으로 확인되는 순간에 충격과 함께 성취된 것이다. 결국 토드의 흑인 공동체로의 귀속은 거짓 자아를 강요한 백인 사회의 가치관을 고집하고 자신의 현실을 직시하지 못했던 토드가 흑인 농부 제퍼슨의 민담을 통해 정신적 깨어남을 경험하게 되고 자신의 정체성을 되찾게 되는 것을 의미한다.

2) 블루스의 고찰: 장편 『보이지 않는 인간』을 중심으로

엘리슨의 장편 『보이지 않는 인간』의 "화자가 무지에서 깨달음으로, 불가시성에서 가시성으로 나아가는 발전"(the narrator's development from ignorance to enlightenment, invisibility to visibility)(*SA*. 173)의 근저에도 역시 흑인의 민속 전통이 자리하고 있음을 알 수 있다. 『보이지 않는 인간』의 화자는 백인의 지배적인 이데올로기 아래에서 그의 민속 전통이 없다면, 또한 미국 흑인의 과거 투쟁으로부터 전수된 '타고난 지혜'(mother wit)가 없다면, 그는 진정으로 보이지 않는 인간일 수밖에 없음을 알게 되고 흑인 민속을 수용함으로써 자신의 정체성을 유지할 수 있게 된다.

우선 이 소설에는 과거 흑인의 역사와 관련을 가진 인물로서 흑인 민속 전통의 지혜와 경험을 증언하는 사람들이 등장한다. 백인들의 현실관이 그릇된 것임을 그려 내고 대안적 비전을 제시하는 (Blake. 87) 이들 인물 중 최초의 사람이 화자의 할아버지이다. 지배집단이 부여하는 이데올로기를 그대로 수용하지 않고 그에 대해 회의를 품는 사람들이 대개는 사회의 비순응자로 낙인찍히듯이, 화자가 가지고 있던 믿음체계를 부정하는 듯한 유언을 남기고 죽는 할아버지 역시 '이상한' 사람이었다.

"얘야, 내가 죽은 뒤에라도 너는 훌륭한 투쟁을 계속해야 한다. 너에게는 지금까지 말한 적이 없었지만 우리의 일생은 전쟁이다. 나는 이 세상에 태어난 그날부터 평생을 두고 반역자였다. 재건시대가 되어 총부리를 내던지고 난 후부터 나는 원수의 나라에 숨어 사는 간첩 같은 존재였다. 그러나 너는 머리를 사자의 아가리에 처박고 살아야만 한다. 예, 예, 하면서도 그들을 짓눌러야만 하고, 히죽히죽 웃어넘기면서 그들의 발부리를 파헤치고, 무엇을 들어 주는 체하면서 그들을 죽음과 파괴로 이끌어야만 한다. 그리고 그들로 하여금 너를 삼키게 내버려 두면 이내 그들은 토해 내거나 배가 터져 버리게 될 것이다."(*IM.* 15~6)

화자에게 할아버지의 이 유언은 늘 저주처럼 따라다닌다. 마을 백인들에게 자신이 칭찬을 받을 때조차 그는 이것이 배신행위가 아닐까 생각하며, 차라리 비열하게 구는 것이 백인들이 부여한 흑인의 상투형에 맞을 것이기 때문에 그들이 진정 원하는 바일지도 모른다고 여긴다. 동의하는 척하며 지배질서를 파괴하도록 격려하는 유언을 남김으로써 '미친' 것으로 간주된 할아버지는 화자가 백인들 앞에서 행한 연설의 대가로 흑인대학의 장학증서를 받은 날 밤 꿈에 나타나 화자가 앞으로 겪게 될 운명을 암시한다. 함께 서커스장에 간 할아버지는 광대가 아닌 화자 자신을 보고 비웃고, 할아버지가 펴 보라고 하는 가방 속의 문서는 대학으로 가는 장학증서가 아니라 "이 검둥이 소년을 계속 달리게 하라"(Keep This Nigger – Boy Running)(*IM*. 33)는 내용을 담고 있다. 할아버지가 알려 주는 이 예언은 글을 모르는 노예에게 노예주가 행했던 장난을 연상시킨다. 노예주들이 통행증(passes)이라고 써 준 문서에는, 그 통행증을 읽는 사람들로 하여금 그것을 지니고 있는 노예에게 매질을 할 것을 요구하고 있었던 것이다(Blake. 87). 그러나 모순되고 자가당착적일지라도 다른 사람의 판단과 기존의 권위에 의존하는 화자는 할아버지가 보여 주는 글의 의미를 이해하지 못하지만 이 꿈은 몇 년이고 되풀이되며 그의 기억 속에 오래 남아 있게 된다.

한편, 화자가 수용할 수 없는 과거를 상징하는 그의 할아버지가 반어적으로 그의 운명을 암시하고 있는 것처럼, 화자가 정상적인 존재로 인정하지 않는 흑인 퇴역군인에 의해 남부의 인종관계를 직시하도록 가르침을 받는 과정이 노튼과 함께 간 골든 데이 (Golden Day)[11]에서 일어난다. 골든 데이 술집에 도착하기 전에 화자는 길을 건너다 근처 정신병원에 수용되어 있는 일군의 흑인 퇴

---

11) 엘리슨은 루이스 멈포드(Lewis Mumford)의 『골든 데이』(*Golden Day*)를 미묘하게 풍자하여 이용하고 있다. 앨런 네이덜(Alan Nadel)은 『보이지 않는 비평』(*Invisible Criticism: Ralph Ellison and the American Canon*)에서, 멈포드가 1830～60년 사이의 기간을 미국 역사의 '황금기'(Golden Day)라고 명명함으로써 역사를 과도하게 단순화시키고 노예 제도의 의미를 축소하고 있음을 지적했다.

역군인들을 만난다. 그들이 길을 막고 서 있는 모습이 화자에게는 마치 '쇠사슬에 묶인 죄수들'(*IM*. 70)처럼 보인다. 실제로 그들은 화자의 할아버지가 총 없이 수행한 전쟁의 정신적 부상자들이라고 할 수 있다(Busby. 49). 이 군인들은 모두 제1차 세계대전에 참전하여 용감하게 싸웠던 인물들이지만, 인종차별법에 항의했다는 이유로 미친 것으로 간주되어 왔다. 이들은 모두 한때는 화자가 열망하고 있는 전문직업을 가지고 있었는데, 이들을 볼 때마다 화자는 불편한 감정을 느끼고 실제로 그들이 정신병 환자들이라고도 여겨지지 않는다. 이들 중 가장 머리가 돌았다고 알려진 전직 정신과 의사 번사이드가 화자에게는 예언자와 같은 구실을 한다. 번사이드가 실제로 미친 것이 아니며 신뢰할 수 있는 인물이라는 것은 그가 노튼의 주치의들도 당황하게 만들었던 노튼의 건강상태를 정확하게 진단하는 데서도 나타난다. 번사이드는 백인에게 드러내놓고 말을 하는 최초의 흑인으로서 노튼에게 다음과 같이 이야기한다.

> "그러면 당신의 생명은 파산한 회사의 주가만큼도 못하게 될 거예요. 당신은 말소되고 구멍이 뚫리고 무력하게 되어, 헐거운 나사를 끌어당기는 데 안성마춤의 자석이 될 거예요……. 당신은 어떤 사람에게는 거룩한 백인의 아버지이고 어떤 사람들에게는 영혼의 사형자, 그리고 모든 사람들에게는 골든 데이에까지 찾아와서 혼란을 일으킨 사람이지요."(*IM*. 91~92)

외관상 너그럽고 자비심이 많은 백인의 얼굴을 하고 있지만, 영혼의 사형자(lyncher)로서 실제로는 흑인에 대한 인종주의적 환상으로 가득 찬 노튼의 허를 찌르는 듯한 번사이드의 말을 들으며 화자는 그가 실성했다고 생각하는 한편 커다란 만족감을 동시에 느낀다. 화자의 백인에 대한 무조건적인 복종을 신랄하게 비판하고 그를 보이지 않는 인간이라고 규정하는 번사이드는 화자에게 남부에서의 그의 진짜 위치가 무엇인지를 알려 주고 있다.

> "이 사람은 어느새 제 감정뿐만 아니라 인간성마저 억누르는 방법을 배웠거든. 그는 보이지 않는, 살아 있는 소극성의 전형, 당신네들 백인의 완벽한 꿈의 성취요, 기계적인 인간이에요. ……그는 노예와 실용주의자들을 동시에 가르친 저 위대한 허구의 지혜를, '백인은 정당하다'는 사실을 믿고 있습니다.…… 그는 당신의 명령대로 집행할 것이고, 그러기에 그의 맹종은 유일한 자산이죠. 이 청년은…… 당신의 하인이며 당신의 운명입니다."(*IM*. 92~94)

흑인학장 블레드소우처럼 남부에서 자신의 권력 유지를 위해 흑인을 이용하는 이들에게 있어서 번사이드와 같이 진실을 알고 있는 이들은 위험스런 존재이다. 번사이드는 블레드소우에 의해 또 다른 정신병원 성 엘리자베스(St. Elizabeth)로 이송되는 듯이 암시되는데, 화자에게 "젊은이, 자네 자신의 아버지가 되게"(Be your own father, young man)(*IM*. 154)라는 충고를 남긴다. 블레드소우나 노튼과 같은 이들에게 자신의 정체를 의존하는 화자에게 이 말은, 남들이 그에게 부여할 정체성을 찾지 말고 그 자신의 정체성을 스스로 창조해야 한다는 의미를 지니고 있다(Tanner. 85).

한편『보이지 않는 인간』에 나타나는 흑인 민속의 영향 중 빠뜨릴 수 없는 것이 흑인 음악의 영향이다. 사회적이고 정치적인 것으로 백인의 문화적 가치를 거부하고 흑인 민중의 정치적인 타자성을 확인하게 하는 흑인 음악(Cone. 17)은『보이지 않는 인간』에 등장하는 여러 명의 민속적인 인물들에 의해 흑인의 불가시성을 극복하는 유용한 도구가 되고 있음을 알 수 있다. 특히 불가시성이라는 미국의 인종적 현실에 예술로서 맞서고자 했던 작가 엘리슨의 노력은, 흑인들이 일상적으로 겪어야 했던 고통스러운 경험을 노래로 승화시켜 놓은 블루스와 같은 태도와 정신에 의해 실현되고 있다. 『보이지 않는 인간』이 루이 암스트롱(Louis Armstrong)의 블루스 「내 무엇을 했기에 이다지도 암담하고 우울한가」("What Did I Do to Be so Black and Blue")로 시작되어 역시 루이의 「버디 보울든의 블루스」("Buddy Bolden's Blues")의 노랫말 "창을 열고 탁한 공기를 몰아내라"(Open the window and let the foul air out)(*IM*. 571)로 끝나듯이, 그리고 앨버트 머레이(Albert Murray)가 이 작품에 대하여 블루스를 문학적으로 펼쳐 놓은 것이라고 평할 만큼(167), 『보이지 않는 인간』은 블루스적인 목소리에 의해 지배되고 있다.

제임스 콘(James H. Cone)은 『흑인 영가와 블루스』(*The Spirituals and the Blues*)에서 블루스에 대하여 다음과 같이 설명한다.

> 블루스 속에 흐르는 경험은 백인의 인종차별 사회 안에서 흑인으로 살아가는 경험이다. ……블루스는 미국에서 사는 흑인적 실존의 본래부터 타고난 일부분이기 때문에…… 흑인이 된다는 것은 곧 블루스적이 된다는 말이다. 블루스는 노래의 순수한 힘을 통해서 일어나는 흑인적 삶의 변화로서 그것은 흑인공동체의 연대의식과 태도와 자기 정체성을 상징적으로 표현하다. ……블루스는 흑인민중들이 어떻게 자신의 실존을 긍정했으며 억압적 상황에 의해서 파괴되는 것을 거부해 왔는가를 우리에게 들려주고 있으며, 또한 백인의 왜곡된 정의에도 불구하고 그들이 어떻게 자신의 인간성을 규정해 왔는가를 보여 준다. ……블루스의 분위기가 뜻

하는 것은 비애와 좌절감과 절망이지만 그것은 또한 자기의 정신을 잃지
않고 그러한 실존적 현실의 아픔을 스스로 감당하려는 흑인 민중의 몸부
림을 뜻하는 것이기도 하다. 그것은 흑인 공동체의 생활방식이요 삶의
길이며 그렇기 때문에 블루스는 흑인적 정체의식과 생존의지를 표현하고
있다(Cone. 158∼69).

즉 콘은 자신들의 인간성을 왜곡하는 백인의 세계에서 살면서
흑인들이 공동체의 연대의식과 자기정체성을 표현하기 위한 수단
으로 블루스를 이용하였음을 지적하고 있다. 그와 더불어 많은 흑
인들에게 있어서 블루스는 자신들의 고통스런 경험과 개인적 책임
성을 표현하고 다루는 주된 형식이 되어 왔고, 엘리슨은 이러한 블
루스에 대하여 "개인의 재난을 서정적으로 표현하는 자전적 연대
기"(*SA*. 79)라고 말한다.

여러 비평가들에 의해 지적되는 이 소설의 민속 인물로서, 엘리
슨이 말한 "개인의 재난을 서정적으로 표현하는 자전적 연대기"로
서 블루스를 이용하는 사람이 짐 트루블러드(Trueblood)이다. 트루
블러드는 미국 흑인 문화에서 나온 블루스 가수의 능력으로 자신
의 불가시성을 극복할 수 있는 하나의 모델을 제공하고 있다
(Busby. 47).

북부에서 온 백인이사 노튼을 위해 1주일간 운전을 맡게 된 화자
는 그와 함께 이야기를 나누며 차를 타고 가다가 반의식적으로 트
루블러드의 통나무 오두막까지 이르게 된다. 죽은 딸에 대한 근친
상간적 애정을 지니고 있던 노튼은 트루블러드가 자신의 딸과 아내
둘 다를 임신하게 만들었다는 화자의 이야기를 듣고 '매혹'되어 트
루블러드의 이야기를 자세히 듣고 싶어 한다. 노튼과 트루블러드의

첫 대면에서, 노튼의 추상적이고 과장된 용어와 트루블러드의 구체적이고 실용주의적인 사투리는 억압과 은닉을 강조하는 백인 문화와 표현과 성취의 흑인 문화의 대조를 이루고 있다(Barksdale. 352).

> "그런 짓을 저지르고도 아무 일도 없다니!"
>
> "예, 아무렇지도 않습니다."
>
> "아무렇지도 않다고? 자넨 심적 고통도 느끼지 않고, 죄 지은 눈알을 뽑아 버리고 싶지도 않나?"
>
> "예?"
>
> "대답을 해 봐!"
>
> "전 아무 탈도 없습니다, 선생님. 눈도 탈이 없고, 속이 메스꺼워지면 소다수를 좀 마시면 쑥 내려가니까요."(*IM.* 51)

이야기를 시작할 때 숙달된 이야기꾼의 면모를 지니고 있는 트루블러드가 들려주는 이야기는 다음과 같다. 콜타르 양동이의 한가운데처럼 칠흑같이 깜깜한 추운 밤에, 방에는 불기라고는 없었기 때문에 트루블러드는 자신과 아내 케이트(Kate) 사이에 젊은 시절의 아내와 똑같이 생긴 딸 메티 루(Matty Lou)를 눕히고 잠이 든다. 꿈속에서 비곗덩이를 얻으러 백인 브로드낵스(Broadnax)의 집에 간 트루블러드는 금기를 깨고 앞문으로 들어가 그 집의 침실에까지 이르게 되는데, 그때 갑자기 부드러운 비단 잠옷을 걸친 백인 여자가 큰 시계에서 나와 그를 침대 쪽으로 밀어붙인다. 그래서 트루블러드는 표면에 파도 모양의 얇은 강철 비슷한 것이 깔린 시계의 문 쪽으로 달려가 어둡고 긴 터널 속으로 들어선다. 그가 잠에서 깨어났을 때는 딸 메티 루가 울면서 그를 때리고 있었고, 트루블러드는 자신이 딸과 성관계를 가진 것을 알게 된다. 죄를 참회하고 용서를 받으라는 목사의 말에 트루블러드는 집을 떠나 기도를 올리려고 했지만 뜻대로 되지 않는다는 것을 알게 된다.

> "제가 과연 죄를 지었는지 안 지었는지 머리가 깨지도록 생각하고 또 생각해 봤지요. 먹지도 마시지도 못했고 잠을 청할 수도 없었어요. 그러던 어느 날 밤, 새벽쯤 되어 전 고개를 들어 별을 바라보면서 노래를 부르기 시작했답니다. 그럴 생각은 조금도 없었는데, 노래 따위는 염두에도 없었는데 문득 부르게 됐지 뭡니까. 그 노래가 어떤 곡이었는지 기억은 없지만 무슨 찬송가인 듯싶습니다. 다만 제가 알고 있는 건, 그날 밤 저는 지금까지 부르지 않던 블루스를 저 자신에게 들려주고 있었다는 겁니다. 블루스를 부르면서 저라는 존재는 저 자신 외의 그 누구도 아니고, 천하 없는 일이 일어난다 해도 되는 대로밖에는 안 된다는 걸 느꼈어요."(*IM.* 65~66)

무의식중에 저지른 자신의 행위로 인해 아내와 마을 사람들로부터 고립당하는 고독 속에서, 블루스로 녹아드는 '찬송가 비슷한 노래'를 부른 후에 트루블러드는 가족과 마을 사람들을 대면할 수 있는 새로운 힘이 생겨남을 깨닫는다. '아무도 부른 적이 없는 블루스'는 트루블러드가 죄에도 불구하고 자신의 인간성을 부정해야 할 만큼 자신이 타락할 것은 아니라는 확신 속에서 자기의 행위에 대한 책임을 지기 위해 가족에게로 돌아가게 만든다. 그 이후 트루블러드는 자신의 이 모든 경험을 한 편의 블루스로 승화시킨다. 즉 죄를 짓게 된 배경과 동기, 그리고 그 결과에 대한 그의 모든 이야기는 블루스적인 형식에, 블루스적 율조와 반복으로 충만하여 확대

된 블루스와도 같다(Baker, "Move". 833).

트루블러드에게 있어서 블루스는 뒤틀리고 고통스러운 자신의 처지를 받아들일 수 있게 하는 도구가 되어 주었고, 이 "비극에 가깝고 희극에 가까운 서정시풍"(near – tragic, near – comic lyricism)(*SA*. 78)의 형식으로 자기 자신을 표현함으로써 트루블러드는 자신의 무서운 죄를 정복할 수 있게 된다. 이러한 블루스를 휴스턴 베이커(Houston A. Baker, Jr)는 "대립적인 힘들을 한데 모아 '단순한 이중성을 피할 수 있게 하는' 중재적인 힘"(a mediating force, a 'matrix' that brings together conflicting forces and 'avoids simple dualities')(Baker. *Blues*. 9)이라고 정의한다.

블루스를 부르면서 트루블러드는 그러한 통합적이고 예술적인 행위를 통해 자신의 정체성과 경험을 수용할 수 있게 된 것이다. 그런데 대학의 백인 이사 노튼 앞에서 트루블러드의 이야기를 듣는 화자는 "굴욕과 매혹 사이에서 온몸이 찢어지는 듯"(…… been so torn between humiliation and fascination)(*IM*. 67)한 느낌을 가지면서도 노튼의 운전사 역할을 한 대가로 그로부터 팁이나 장학금을 받는 것에 더 관심이 있으므로, 자신이 속한 흑인문화(블루스)의 힘과 신비를 완전히 깨닫지 못한다.

의식적인 예술창조 행위를 통해, 구체적으로는 블루스를 부르고 자신의 민속 전통과 관련성을 지님으로써 자신의 정체성을 발견하고 재확인하는 트루블러드가 화자에게 영향을 미치는 계기는 다른 곳에서도 발견된다.

딸과의 근친상간으로 흑인 사회의 치욕이 되기 전에 트루블러드는 "옛 이야기를 유머와 마술적 감각으로 생생하게 들려주는 사람"(*IM*. 46)으로 정평이 나 있었고 또한 흑인 사중주단을 이끄는 훌륭한 테너 가수로도 알려져 있었다. 트루블러드의 공연을 본 백인 귀빈들은 흑인 사중주단의 원시적인 영가에 겁을 먹고, 화자는 "그들이 부르는 순박한 하모니에 당황"(*IM*. 46)했었음을 시인한다. 흑인의 음악이란 거칠고 동물 같은 열정으로 가득 차 있다고 생각하는 백인 귀빈들에게 트루블러드가 부르는 "야만적이고 거친 동물적 사운드"(*IM*. 47)는 백인들이 흑인에게 가진 인종적 틀을 확인하게 한다. 또한 트루블러드의 원시적인 영가는 백인들이 흑인의 삶에 대해 훨씬 큰 통제권을 지니고 있던 노예제도가 있던 시절을 상기하게 하므로, 스스로를 미국 흑인의 운명을 결정하는 존재라고 보는 대학 백인 이사들의 구미에 맞았을 것이다.

그러나 대학의 교육받은 흑인들에게 트루블러드의 존재는 흑인 지대의 농부들을 대표하며, 그가 부르는 원시적인 영가는 '우리들을 끌어내리려는 시도'(*IM*. 47)로 여겨진다. 화자는 '불가시적 인간이 되기 전'에 트루블러드에 대한 자신과 대학 관계자들의 증오가 공포로 가득 차 있었음을 상기하는데, 그 공포의 근원이 무엇인가 하는 것은 트루블러드가 자신의 근친상간에 관한 이야기를 시작할 때 드러난다. 화자는 "검둥이들은 너나없이 그런 짓을 한다고 백인들이 생각하고 있다는 걸 알면서도 어떻게 이런 이야기를 백인 앞에서 한단 말이가?"(How can he tell this to white men, ……when he knows they'll say that all Negroes do such things?)(*IM*. 58)라며 당혹해한다. 실제로 1920년대의 흑인 중산계급들은 초기의 재즈 음악이 미국 흑인들에 대한 가장 악의적인 이미지를 확인시켜 주는 것이 될까 봐 두려워하였는데, 대학의 흑인 학생들과 흑인 간부들 역시 흑인 음악가를 원시적이고도 열정적인 동물로 묘사하고 있으며 자신들도 그렇게 더럽혀질까 봐 두려워하였던 것이다.

결국 트루블러드가 부르는 블루스와 영가는 화자로 하여금 딜레마에 직면하게 하고 있다고 볼 수 있는데, 그것은 자신을 교육받은 진보적인 흑인이라고 말하기 위해서는 트루블러드가 나타내는 흑인의 민속유산을 거부해야 하기 때문이다. 대학에 다니던 시절, 백인에게 인정받아 흑인 지도자로 성장하기를 꿈꾸던 화자는 자신이 속한 민속유산의 가치를 깨닫지 못한다. 그러나 백인 사회로의 진입을 허용하겠다는 대학의 약속에 대해 신뢰를 잃기 시작하면서 화자는 미국 흑인의 민속유산의 중요성을 이해하기 시작한다.

부인하고 싶지만 떨쳐 버릴 수 없는 흑인 민속유산은 북부에까지 화자를 쫓아온다. 흑인 학장 블레드소우가 써 준 일곱 통의 추천편지 중 여섯 통을 보냈으나 어느 곳에서도 회답이 없자 의구심이 들기 시작한 화자는 마지막 편지를 부치기 위해 길을 가다가 한 짐마차꾼을 만난다. 폐기된 청사진을 싣고서 블루스를 부르며 가는 짐마차꾼은 화자로 하여금 오래전에 마음속에서 지워 버렸던 기억을 떠올리게 한다.

> 한 사나이의 낭랑한 노랫소리가 들려왔다. 그것은 블루스 곡으로서, 뒤를 따라가던 나는 고향에서 같은 가락을 듣던 그 옛날의 회상에 잠기었다. 여기서 내 기억은 학원생활의 주위를 벗어나 오랜 옛날 내 뇌리에서 몰아내 버렸던 과거로 되돌아가는 것이었다. 나는 이 같은 추억을 피할 길이 없었다(*IM*. 169).

짐마차꾼이 소개하는 피터 휫스트로(Peter Wheatstraw)라는 그의 이름은 실제 있었던 블루스 가수 피티 휫스트로(Peetie Wheatstraw)에 관한 미국 흑인 민속음악에서 따 온 것인데, 이로 보아 그는 미국 흑인문화와 전통을 구현하고 있다고 볼 수 있다(Busby. 51). 그 맑고 낭랑한 목소리로 짐마차꾼은 화자에게 그가 살고 있는 이 세상에 대하여 코믹하고도 모순된 비전을 제시하고 있다. 카운트 베시(Count Basie)와 지미 러싱(Jimmy Rushing)이 부른 「부기 우기 블루스」("Boogie Woogie Blues")를 힘차게 노래하면서 짐마차꾼은 기묘하게 생겼지만 사랑스러운 한 여자를 묘사하고 있다.

> "그녀의 발은 원숭이 같고
> 그녀의 다리는 개구리 같아 - 아아!
> 하지만 그녀가 날 사랑하려 들면
> 나는 소리쳐, 후 - 이거 어떡하지!
> 하지만 난 그녀가 좋아
> 나 자신보다도 몇 갑절 좋아……"(*IM.* 169~70)

그렇게도 이상하게 생긴 여자에게 열정적으로 헌신하는 자아의 부조리를 찬양하는(Geroge E. Kent. 98) 짐마차꾼의 이 노래는 노래를 부르는 당사자 자신을 그의 삶의 부조리와 조화하게 하는 블루스의 힘을 보여 주는 완벽한 실례가 된다. 그녀를 즐겁게 껴안으면서 짐마차꾼은 미국 흑인으로서의 자신의 삶도 껴안고, 자신의 역경과 그것을 극복할 자신의 능력 둘 다를 완전히 의식하게 되는 것이다.

그러나 떠들썩하고 모순적이며 개구리, 원숭이, 불독같이 흑인 지대에서 나온 민속 인물이 주를 이루고 있는 이 블루스가 화자에게는 언짢게 여겨진다. 노래를 부르다 말고 짐마차꾼은 "자네 개를 붙잡았나?"(Is you got the dog?)(*IM*. 170)라며 민속적인 질문을 던지는데, 이런 형식의 말놀이는 화자가 오랫동안 마음속에서 지워 버렸던 민속 유산의 일부이므로 화자는 이 질문에 적절하게 대답을 할 수가 없다. 자신을 새롭게 창조하고 과거를 잊어버리려는 화자가 자신을 이해하지 못하는데 화가 난 짐마차꾼은 "이봐 나는 자네를 남부에서부터 아는 처진데 왜 자네는 들어 본 적도 없는 듯이 구는 건가? 왜 날 모른 체하려고 하지?"(Now I know you from down home, how come you trying to act like you never heard that before? Why you trying to deny me?)(*IM*. 170)라고 말한다.

"왜 나를 모른 체하려고 하느냐?"라는 질문으로 짐마차꾼은, 화자가 자신의 발전을 이루어 가는 데 있어서 스스로의 과거를 부정하려고 하고 있음을 폭로하는데, 이에 대하여 화자는 백인에게 무조건적으로 복종하는 자신을 꿰뚫어 보고 충고를 해 주던 골든 데이의 퇴역군인을 연상하며 "어딘가 모르게 이 사람은 골든 데이의 퇴역 군인을 닮은 데가 있다"(Somehow he was like one of the vets from the Golden Day)(*IM*. 171)라고 생각한다. 짐마차꾼은 다시 "이곳 할렘은 곰의 소굴이야. 하지만 자네나 날 위해선 더없이 좋은 곳이지"(this Harlem ain't nothing but a bear's den. But it's the best place in the world for you and me)(*IM*. 171)라고 말하는데, 화자가 짐마차꾼의 이야기를 듣고 곰에 관한 어떤 이야기로 대꾸를 하고 싶지만 생각이 나지 않고, 마침 떠오르는 토끼 아저씨(Jack the Rabbit), 곰 아저씨(Jack the Bear)는 지난 시절의 향수를 불러일으킨다.

짐마치꾼을 뿌리치고 가 버리고 싶은 마음과 함께, 화자는 지나간 어느 날 아침 어느 곳에선가 나란히 함께 걸었던 적이 있는 것처럼 그에게서 위안을 발견한다. 블루스와 민속 전통을 거부하는 것은 자신의 인간성을 거부하는 것임을 가르치려는 짐마차꾼은 다시 미국 흑인의 민속 전통을 환기시키며, 도시에서도 그것이 강력한 힘의 원천이 될 수 있음을 보여 주고 있다.

"이 같은 장부의 마을에서 살려면 약간의 담력과 타고난 지혜와 빈틈없는 눈치만 있으면 돼. 그런데 이봐, 난 나면서부터 이 세 가지를 다 갖추고 있었거든. 실은 말이야. 나는 일곱째 아들의 일곱째 아들로서 두 눈 위에 양막을 뒤집어쓰고 태어나 검정고양이 뼈와 죽대와 기름진 야채를 먹고 자랐어 – "(*IM.* 172)

짐마차꾼이 말하는 이 빠른 이야기(fire spiel)는 미국 흑인의 주술 전통(hoodoo tradition)의 몇 가지 요소를 결합시킨 것인데, 즉 일곱 번째 아들은 초자연력을 지니고 태어나며, 양눈에 '대망막'(caul)을 뒤집어쓰고 태어나는 아이들은 유령을 볼 수 있고 병을 낫게 하는 힘이 있다고 한다. 그리고 검은 고양이 뼈와 죽대(high john the conqueror)는 주술 전통에서 나타나는 두 가지의 강력한 부적이다 (Marvin. 592). 짐마차꾼은 남부 흑인의 정체성을 잃기 쉬운 북부에 살고 있지만, 자신이 속한 흑인의 전통을 고수하고 타고난 지혜를 간직함으로써 북부에서도 당당하게 살아갈 수 있음을 보여 주고 있는 것이다. 그러나 짐마차꾼의 교훈을 완전히 받아들일 준비가 되지 않은 화자는 그에게 양면적 감정을 느낀다.

나는 연신 걸어가면서 짐마차꾼의 노랫소리에 담긴 심오한 가락이 애절한 휘파람소리로 변하여, 가사의 마디마다 떨리는 음산한 화음으로 활짝 피어나는 것을 귀담아들으면서 성큼성큼 걸어갔다. 휘파람소리가 일렁거리며 사라져 가자 고독한 밤을 고독하게 거슬러 퍼져 오는 기적소리가 들렸다. 그는 바야흐로 악마의 사위다. 휘파람을 세 가지 음색으로 부를 수 있는 자. ⋯⋯자랑이랄까, 혐오랄까, 분간하기 어려운 감정이 불시에 마음속으로 비쳐들었다(*IM.* 174).

화자가 짐마차꾼에게 긍지인지 혐오인지 모를 양면적 감정을 느낀다는 것은 그가 트루블러드에게 느꼈던 것과 유사하게 자신의 인종적 정체성에 양면성을 지니고 있음을 반영한다. "대학에서, 더구나 지도적인 역할을 해 보려는 자에게는 다소나마 여느 사람과는 색다른 데가 있어야 한다"(It always helped at the college to be a little different, especially if you want to play a leading role)(*IM.* 175)고 생각하는 화자는 자신을 미국 흑인 노동계급과는 별개로 여기고, 그래서 식당에서도 남부 흑인 소년의 표시가 날 것 같은 음식 대신에 오렌지 주스와 토스트, 커피를 주문한다.

그런데 지상에서의 모든 경험을 겪고 자하로 내려온 후 화자는 이 짐마차꾼을 "통찰력을 지닌 사람"(a man of vision)(*IM.* 7)으로 깨닫게 된다. 전구를 끼우는 소켓과 전선을 공급함으로써 짐마차꾼은 화자가 자기 자신과 세상을 새롭게 발견하는 데 필수적인 빛을 공급하고, 화자는 "빛은 나의 실재를 확인해 주고 나의 형태를 부여해 준다. ⋯⋯진리는 빛이요 빛은 진리이다"(Light confirms my reality, gives birth to my form. ⋯⋯The truth is the light and light is the truth)(*IM.* 6~7)라고 말한다. 결국 짐마차꾼은 블루스와 타고난 지혜로 화자의 정신적 성장에 기여하고 있다.

할아버지와 골든 데이의 퇴역 군인이 보여 주는 흑인 민속적 지혜와 트루블러드와 짐마차꾼이 제시하는 흑인 음악의 힘 이외에도, 화자의 정체성 확립에 기여하는 흑인 민속형식은 또 존재한다. 리버티 페인트 공장에서의 폭발 직후 실려 간 병원에서, 그의 정체의식을 절단하려는 의사들의 시도에도 불구하고 화자는 안간힘을 써서 그의 민속 형식과 영가를 기억해 냄으로써 정체성 상실의 위험에서 구조된다.

니켈과 유리로 된 상자 안에 누워서 소외감을 느끼던 화자는 한 순간의 통증 뒤 자기 자신이 "멀리 사라져 가는"(……seemed to go away)(*IM*. 229) 느낌을 받고, 자신의 눈앞에서 번쩍이던 불빛도 "캄캄한 시골길을 달리는 미등처럼 사라져"(receded like a taillight racing down a dark country road)(*IM*. 229) 따라갈 수가 없다. 몸을 뒤틀면서 보이지 않는 그 무엇과 싸우던 화자는 자신의 시선이 점점 맑아짐에 따라, 트럼펫을 불고 있는 한 남자를 보게 된다.

> 공기 속은 하얗고 가느다란 울새들로 가득 차 있는 것 같았다. 울새들은 내 눈을 뒤덮고 너무도 밀집하여 꿈지럭거리고 있었으므로, 흑인 트럼펫 연주자는 황금색 나팔구멍으로 그걸 들이마셨다 뱉었다 하면서 탁해진 공기 속에 살아 있는 흰 구름과 은색을 버무리고 있었다(*IM*. 230).

울새들로 가득 찬 공기 속에서 황금색 트럼펫을 불면서 트럼펫 연주자는, 머리 위에는 앵무새들이 조롱하듯 조연하는 속에서, 감미로운 음색으로 교회음악 '성도'(The Holy City)를 연주한다. 이때 갑자기, 머리맡에서 연방 두런거리는 의사들의 존재를 느끼며 "왜 이 작자들은 떠나질 않는가? 공연히 잘난 체하는 이 작자들"(Why didn't they go away? Smug ones)(*IM*. 230)이라고 생각하는 화자는, 병원 의사들의 의도에 저항이라도 하듯, "나는 의식이 회복되었다"(I came back)(*IM*. 230)라고 느낀다. 그리고 자신이 누구인가를 애써 기억해 내려고 할 때, 줄무늬 죄수복을 입고 사슬에 묶인 흑인들이 사냥개에게 쫓기는 것을 처음 본 가을날 할머니가 불렀던 영가를 떠올린다.

> *전능하신 하느님은 원숭이를 만드셨고*
> *전능하신 하느님은 고래를 만드셨네*
> *전능하신 하느님은 악어를 만드셨지*
> *부스럼투성이의 꼬리를 붙여서.……(IM. 230)*

화자를 검진한 정신과 의사들은 자신들의 치료가 대성공이라고 여기는데, 화자는 그들에게는 아무런 말을 하지 않으면서도 자신이 어린 시절에 부르던 또 다른 노래를 기억해 냄으로써 그를 과거와 단절시키려는 의사들의 계획을 좌절시킨다.

> *마가렛양이 물을 끓이는 걸 보았나요?*
> *억세게도 증기를 뿜는다지 뭐야.*
> *17마일하고도 4분의 2 높이나,*
> *증기 때문에 솥도 보이질 않는다나요.……(IM. 230)*

또한 흑인 민속에 나오는 친숙한 인물로서 화자가 기억해 내는 사슴눈 토끼(Buckeye the Rabbit)에 대해 의사들은 거의 알지를 못하는데, 화자는 지혜와 강인함으로 곤경을 헤쳐 나오기로 유명한 이 사슴눈 토끼와 같이 자신의 정체를 파괴하려는 의사들의 시도로부터 탈출할 수 있게 된다. 자신이 어린 시절에 들었던 토끼에 관한 이 노래를 생각해 내는 순간 화자는 "자기발견의 기쁨으로 아찔한"(giddy with the delight of self-discovery)(*IM*. 237) 느낌을 갖는다.

> 나는 자기발견의 기쁨과 그것을 숨기고 싶은 욕망에서 현기증이 날 만큼 마음속 깊이 웃고 있었다. 어쨌든 내가 사슴눈 토끼인지도 몰랐다. …… 어린 시절 먼지투성이인 한길에서 맨발로 노래하며 뛰놀던 그 무렵부터 나는 그랬으니까.
>
> *사슴눈 토끼야*
> *흔들어라, 흔들어라*
> *사슴눈 토끼야*
> *부수어라, 부수어라.* ……(*IM*. 237)

또한 화자는 자신의 이름도, 어머니의 이름도 기억하지 못하게 되었을 때 흑인 고유의 말놀이인 더즌즈를 활용함으로써 제자리를 찾는다. "당신 어머니는 누구요?"(WHO WAS YOUR MOTHER)(*IM*. 237)라고 한 의사가 물었을 때 화자는 "재빠르게 스치는 불쾌한 감정"(a quick dislike)(*IM*. 237)을 느끼면서 "반쯤 재미삼아라도 나는 그런 더즌 놀이는 하지 않아. 그런데 요즘 당신 어머니는 안녕하신가?"(half in amusement, I don't play the dozens. And how's your old lady today)(*IM*. 237)라고 생각한다. 또 다시 의사가 "이보게, 누가 형 토끼였는가?"(BOY, WHO WAS BRER RABBIT)(*IM*. 237)라고 물었을 때 화자는 재빠르게 마음속으로 "그것은 당신 어머니의 정부가 아닌가"(He was your mother's back – door man)(*IM*. 238)라는 더즌즈를 생각해 낸다.

더즌즈란 상대방과 그 근친들 특히 어머니에 대한 모욕적인 언사를 교환하는 것으로 구성되지만, 적대적인 세계에서 살아가야 하는 흑인들이 불안과 긴장감을 완화시키는 수단이기도 했는데 (Ostendorf. *Black*. 41), 여기서 화자는 더즌즈를 활용하여 자신의 인간성에 대한 억압의 위협을 약화시키고 있다. 그러나 의사들은 자신들의 질문에 화자가 대답이 없는 것을 보고, 자신들의 치료가 성공적이었다고 여긴다.

병원 문을 나설 때 의사와 마지막 인사말을 나누고 돌아서면서 화자는 자신이 여태 억눌려 있던 감정을 말로 표현한 것임을 알아차린다. 그리고 "이제는 이미 무서운 게 없어진 것"(……was no longer afraid)(*IM*. 245) 같은 생각을 하며 블레드소우나 노튼과 같은 거물급 인사들에게는 더 이상 기대할 것이 없음을 알게 된 자신을 느낀다.

한편 화자가 공장 병원에서의 경험으로 기진맥진한 상태에서 처음 만나게 되는 메리 람보(Mary Rambo)는 이 작품에 나타나는 또 한 명의 불굴의 민속 인물이라고 볼 수 있다. 메리는 할렘에서 하숙집을 운영하고 있는데, 마치 흑인 아이에게 자양분을 주듯 화자의 대리모의 역할을 하고 있다. 소설 속의 메리의 의미에 대하여 엘리슨은 "메리와 같은 존재가 없다면 이 나라가 어떻게 될지 상상해 보라. ……정말로 늘 팽창해 가는 이 할렘에 메리와 같은 존재가 없다면 미국 흑인들은 어떻게 될지 상상해 보라”(Imagine what this country would be without its Marys. ……Imagine, indeed, what the American Negro would be without the Marys of our ever－expanding Harlems)(*SA.* 243～44)라고 말한다.

화자도 “무엇이 되든 우리 종족에게 영예가 되는 일을 하라”(whatever it is, I hope it’s something that’s a credit to the race)(*IM.* 249)라고 말하는 메리를 두고, “그녀는 그 이상의 어떤 존재－이를테면 나 자신 맞설 용기조차 낼 수 없는, 미지의 무엇인가를 향해 돌진하지 못하게 나를 붙들어 두는, 내 과거에서 떠오른 듯한 안전하고도 친숙한 힘”(She was something more－a force, a stable, familiar force like something out of my past which kept me from whirling off into some unknown which I dared not face)(*IM.* 253)이라고 묘사한다. 메리라는 이름은 성모 마리아를 상징할 뿐 아니라, 로니 존슨(Lonnie Johnson)의 블루스 「그녀는 나의 메리」(“She’s My Mary”)에 묘사된 메리와 유사하다.

> 그녀는 나의 메리, 온 세상이 나를 거부할 때조차도,
> 그녀는 나의 아버지, 어머니, 누이, 형, 내 살아 나갈 힘을 주었지
> 내 모든 일 뒤틀려 갈 때라도 그녀는 언제나 나의 메리(O’Meally. *Craft.* 88)

메리는 블루스를 자주 부를 뿐만 아니라 그녀의 언어는 블루스 시구로 수놓아져 있다. 어려운 현실 앞에서도 블루스를 부름으로써 삶의 활력을 얻는 메리는, 빈곤의 상징인 양배추 요리를 며칠째 계

속하면서 자연재해 앞에서의 근심을 가득 담은 「역류의 블루스」("Back Water Blues")를 오히려 명쾌한 목소리로 노래한다. 허약한 화자를 침대에 눕히며 마치 자신의 힘의 원천을 전해 주려는 것처럼 그녀는 조용히 "내 혹시 쓰러진다고 생각은 안 되어도 어떠한 처지에 있는가를 보아라"(If I don't think I'm sinking, look what a hole I'm in)(*IM*. 248)라고 노래한다. 에필로그에서 화자는 이 노래를 반항하는데, 그의 지난 시련들은 고통스럽기는 하였으나 그가 "처해 있는 처지를 보여 주었던"(showed {him} the hole {he} was in)(*IM*. 563) 것이다.

전도유망한 흑인 젊은이로서 자기민족을 고난에서 구해 낼 책임감이 있음을 화자에게 일깨워 주는 메리는 이 소설에서 그에게 구체적인 이름을 지어 주는 유일한 인물이기도 하다. 메리는 화자를 곰 아저씨라고 부르는데, 클로디아 테이트(Claudia Tate)는 이것이 화자가 일정 기간의 동면을 경험하고 난 후에야 비로소 위대한 일을 성취할 수 있는 잠재력을 갖게 되는 것을 시사하며, 또한 메리가 부르는 존 헨리(John Henry)라는 이름 역시 자기민족을 이끌어 나갈 지도자로서 충분한 자신감과 힘을 얻을 수 있는 화자의 잠재력을 상징하는 것(*IM*. 168)이라고 말한다.

메리를 만난 이후 화자는 자신이 환상 속에서 살아왔음을 깨닫고 자신이 지녀 왔던 흑인 중산계급의 가치에 환멸을 느끼게 된다. 그 이후, 길에서 자신의 남부 과거와 관련된 음식인 얌(yam)을 사서 먹으면서 화자는 자신의 문화적 유산을 발견하고 수용하고 있음을 분명히 보여 준다.

걸어가면서 우물거리고 있자니 또한 불현듯 해방감에 압도되었다. 나는
유쾌했다. 누가 보고 있다든가, 예의에 벗어났다든가 하는 그런 걸 개의
할 필요가 없었다. 그런 건 지옥에나 던져 버리고 싶었고…… 사실 우리
네 족속은 도대체 무엇이란 말인가 하는 생각이 들었다. 무엇이든 우리
가 좋아하는 것을 가져다 들이밀기만 하면 우리들은 그것을 최대의 굴욕
으로 느끼고 있으니 말이다. ……하지만 자기가 좋아하는 걸 치사하게
생각하다니 될 법한 말인가? 그런 짓은 아예 하지 않을 테다. 나는 있는
그대로의 나일 뿐! ……나 자신이 하고 싶어서가 아니라 남이 기대하는
것만을 해 보려고 애쓰는 사이에 나는 여러 가지를 얼마나 숱하게 상실
하고 말았던가. 이 얼마나 엄청난 낭비이며, 얼마나 무의미한 낭비냐 말
이다!(*IM.* 258~60).

화자는 그 전에는 남부 흑인으로 간주되는 것이 싫어서 돼지고
기나 탄 옥수수 같은 남부 음식을 거절하고 난 뒤 뿌듯함을 느꼈었
지만, 지금은 길에서 다른 사람들의 눈치를 보지 않고 얌을 먹으면
서 해방감을 느낀다. 그리고 백인들 몰래 숨어서 치터링즈(chitterlings)
12)를 먹고 있는 블레드소우의 모습을 상상하며 웃음을 터뜨리고,
자신은 이 음식들을 정말로 좋아하지만 남들의 생각이 두려워 그
것들을 거부해 왔음을 깨닫는다. 자기 자신에 대한 새로운 인식으
로 화자는 자유로움과 동시에 놀라움을 느끼는데, 한 사람의 자아
가 될 수 있는 이 능력은 개인적인 선택을 함을 암시한다. 언제나
남들이 자신에게 기대하는 것만을 하며 자기 스스로 선택을 해 본

---

12) 치트린즈(chitlins)라고도 불리는 치터링즈(chitterlings)는 요리한 돼지의 소장을 말한다. 화자
는 치터링즈뿐 아니라 돼지 귀, 포크 찹스(pork chops), 검은 눈 콩, 머스터드 그린즈
(mustard greens) 등을 언급하는데, 이 음식들은 모두 남부 흑인들이 일상적으로 즐기는 것
들이다. 화자와 블레드소우는 이 음식들을 거부함으로써 두 사람 다 자신들의 흑인성과 남부
유산을 부정하려고 해 왔다.

적이 없는 화자에게 마침 그 선택의 기회가 주어지는데, 그것은 한 흑인 노부부가 아파트에서 강제로 퇴거당하는 모습을 목격하면서 시작된다.

블루스 레코드를 포함하여 강제로 밖으로 내던져진 가재도구들은 이들 프로보 부부의 개인적인 역사와 함께 미국 흑인들의 집단적인 역사를 나타내고 있고, 화자는 이 노부부를 보며 "이상야릇한 기억이 고개를 쳐드는"(strange memories awakening)(*IM*. 264) 것을 느낀다. 그리하여 그들과의 동일시를 경험하는 화자는, 그들이 우는 모습을 보고 마치 아이가 자기 부모가 우는 모습을 보고 무서움과 동정심에 따라 울고 싶어지는 것과 같은 느낌을 갖는다. 처음 주인공이 초라한 세간과 함께 아파트에서 쫓겨나는 노부부의 모습을 보았을 때 그는 불결하다고 생각하며 수치감을 느꼈을 뿐이다. 그러나 그는 노인들의 물건들을 하나하나 보면서 새로운 각성에 이른다. 노인들의 초라한 세간들은 지난 세월의 역경과 그들이 살아온 삶의 인간적인 모습을 대변한다.

세간들에서 묻어나는 삶은 백인과 다를 바 없이 신에 대한 소박한 믿음과 가족 간의 사랑이 있는 인간적인 삶이고, 동시에 흑인만의 아픔이 묻어나는 삶이며, 노예로서의 기억들이 고스란히 담겨 있는 삶이다. 이제 주인공은 고통과 사랑이 함께 담겨져 있는 인간적인 삶의 증거들을 보며 흑인의 과거가 비록 '다소 고통스럽긴 하지만 소중한 것'임을 깨닫게 된다. 그리고 그 노인들의 모습과 세간들에서 그는 자신의 어머니의 모습을 발견하게 된다. 흑인의 고달픈 삶을 보여 주는 어머니의 환상을 통해, 주인공은 고난에 찬 노부부의 삶이 자신과는 동떨어진 별개의 사실도 아니고, 먼 과거

의 일이 아니라 현재의 삶이며 바로 자신과 연결되어 있는 삶임을
깨닫게 되고, 비로소 정체성을 찾게 된다.

> 나는 돌아서서 다시 잡동사니 세간들을 물끄러미 바라보았다. 이젠 눈앞
> 에 놓여 있는 것들을 바라보는 게 아니라……. 마음속을 들추고 모퉁이
> 를 휘돌아 캄캄하고 아득히 멀리에 오래전 추억을 들여다보는 것이었다.
> 그건 나 자신만의 추억이라기보단 고향에서는 귀를 기울이지 않아도 들
> 리던 기억나는 말들, 그리고 고리처럼 이어지는 말들의 메아리와 그 영
> 상들이었다. 그리고 나는 결코 놓칠 수 없는, 다소 고통스럽긴 하지만 소
> 중한 것을 빼앗기고 있는 듯한 생각이 들었다(*IM.* 207).

그 결과, 폭력을 쓰지 않고 강제퇴거에 반대하는 감동적인 연설
을 함으로써 할렘의 군중들을 움직일 수 있게 된다. 그런데 화자의
이 연설 모습이 동지회의 의장 잭의 눈에 들게 되어, 흑인의 역사를
발견함으로써 자기 이해로 나아가려던 화자의 진로가 동지회와의
인연으로 방해를 받는다. 아이러니한 것은, 개인과 역사적 과거와의
관련성을 부인하는 동지회에 가입하면서부터 화자가 자신의 과거이
기도 한 흑인의 역사를 부인하는 것이 더 어렵게 된다는 점이다.
동지회가 제공한 아파트로 가기 위해 메리의 집을 떠나려는 아
침에 화자가 발견하는 웃고 있는 흑인 저금통은 흑인들에 대한 과
거 착취의 상징이면서 화자 자신의 과거의 일부이기도 하다. 방에
스팀이 통하지 않는 데 대한 항의의 표시로 한 이웃이 스팀관을 두
드리며 자신의 잠을 깨우자 화자는 "쇠붙이 흑인 저금통 대가리로
스팀관을 냅다 두들김"(by striking the pipe a blow with the kinky
iron head)(*IM.* 312)으로써 대응한다. 결국 저금통은 산산조각이 나

고, 화자는 깨진 저금통 조각들을 신문지로 싸서 시내로 가는 길에 그것을 버리려고 하지만 여러 번의 시도가 다 실패한다. 그래서 깨진 저금통은 화자의 서류가방 속에 담겨서 그가 지하로 내려갈 때까지 존재한다. "그의 문화적 소품의 일부, 그의 정체성의 일부"(part of his cultural baggage, part of his identity)(O'Meally, *New Essays*. 12)인 이 저금통 조각을 화자는 부인할 수가 없는 것이다.

화자가 만나게 되는 또 하나의 흑인 스테레오 타입은 "발의 관절을 흔들며 메스껍게도 관능적인 동작으로 올라갔다 내려갔다 검은 가면 같은 얼굴과는 아주 딴판인"(in a loose−jointed, shoulder−shaking, infuriatingly sensuous motion, a dance that was completely detached from the black mask−like face)(*IM*. 424) 춤을 추는 종이 삼보(Sambo) 인형이다. 삼보는 남북전쟁 이전에 예술과 오락에서 빈번히 사용되던 흑인 스테레오 타입으로서 백인들이 생산한 흑인 남성의 고착화된 이미지를 대표적으로 나타내고 있는데, 인형 장수는 그 인형을 "이건 삼보, 춤추는 인형, 뛰노는 인형 삼보"(Sambo, this high−stepping joy boy)(*IM*. 425)라고 부른다.

> *웃기기도 하고, 한숨도 쉬게 하고*
> *보고 있으면 춤이 절로 나오는 − −*
> *즐겁게도 해 주고, 달콤한 눈물을 짜주기도 하고 − −*
> *웃음의 눈물을……(IM. 424)*

화자는 삼보 인형이 유발하는 감정에 "함께 웃고 싶은 심사와 두 발로 짓밟아 주고 싶은 욕망 사이"(between the desire to join in the laughter and to leap upon it with both feet)(*IM.* 425)에서 갈등하는데, 인형이 연출하는 저속한 행동으로 분노가 치밀면서도 그 춤동작이 말할 수 없이 친숙하게 느껴진다. 그런데 그 인형을 팔고 있는 사람이 한때는 동지회의 젊은 지도자였던 클리프턴(Clifton)이라는 것을 안 화자는, 클리프턴의 경멸에 찬 웃음을 보고 배신감을 느끼며 분노와 함께 끓어오르는 가래침을 뱉어 춤추던 인형을 "흠뻑 젖은 누더기 조각"(dripping rag)(*IM.* 426)으로 만들어 버린다. 클리프턴이 연출하는 삼보인형 춤을 즐기고 있던 백인 군중들은 화자의 그런 행동에 노여워하는 시선을 보내고, 그중 한 남자가 화자와 인형을 번갈아 쳐다보며 손가락질을 하자 백인 군중들은 다 함께 웃기 시작한다.

화자는 자신의 충동적인 행동으로 주름 장식된 인형을 넘어뜨리기는 하지만 춤추는 인형 또는 화난 흑인 남자가 나타낸다고 생각하는 백인 군중들 마음속의 비굴한 흑인 남성의 고착화된 이미지를 파괴하지는 못하였다. 웃고 있는 흑인 얼굴의 저금통 조각들을 없애려고 하다가 백인 여자로부터 "남부에서 올라온 검둥이 농사꾼"(field niggers coming up from the South)(*IM.* 321)으로 분류되었던 것처럼, 비굴한 삼보 인형의 이미지를 없애려던 화자의 행동은 자신과 그 인형 간의 연관성을 없앤다기보다는 오히려 강조하는 효과를 가져오게 된 것이다.

동지회와의 인연 이후 만난 흑인 스테레오 타입의 이미지로 인해, 화자가 과거 흑인의 착취의 역사와 직면하고 흑인으로서의 자기 존재를 확인하게 되는 것과 함께, 동지회 내부에는 화자에게 할렘의 메리와 유사한 영향을 미치는 아버지와 같은 존재 타프(Tarp)

가 있다. 동지회에 가입한 이후로 정체성의 분열 현상을 경험하는 화자와는 달리 타프는 자신이 누구이고 자기가 가야 할 목적지가 어디인지를 알고 있다.

따라서 화자에게 자신이 19년 동안이나 차고 다녀야 했던 족쇄(the filed chain link)를 물려줌으로써 자신들의 진정한 투쟁의 대상이 누구인가를 상기시키려고 하는 타프가 화자의 정신적 아버지 역할을 하는 것도 자연스러운 일이다. 타프의 족쇄를 물려받으며 화자가 느끼듯이, 이 족쇄는 화자로 하여금 흑인의 과거를 돌아볼 수 있게 하고 현재의 중요성을 인식하게 하며 혼미한 앞날에 지침이 되어 주는 역할을 한다. 그리고 화자 자신이 흑인 해방의 사슬(the chain of black emancipation) 속에 있는 하나의 고리(link)가 될 의무도 함께 물려받는다.

> ……아버지가 할아버지로부터 전해 오는 시계를 아들에게 양도하는 경우와 같을 것이다. 이런 경우, 아들은 그 낡은 시계가 탐이 나서 그것을 받는 것이 아니다. 그때 아버지의 거동이 주는 무언의 진지함과 엄숙함으로 자신도 조상과 결합하는 한편, 이것으로 해서 자기의 현재의 중요성을 인식하게 되고, 애매하고 혼미한 자기 앞날에 하나의 구체성을 약속받는 의미로 그 시계를 받는 것일 게다(*IM.* 382).

찰스 데이비스(Charles T. Davis)는 타프의 족쇄가 두 가지의 예속, 즉 남부의 노예제도와 동지회가 요구하는 절대적 충실을 상징한다고 본다. 족쇄는 엄격한 의미에서 민속적 의미를 지니지는 않지만, 남부 노예제도의 잔인성에 대한 기억을 일깨운다는 점에서 흑인 민속문화에 속하는 아이콘(icon)의 효과를 지닌다는 것이다(*IM.* 107).

화자에게 물려주는 족쇄 이외에도 타프는, 남들이 그에게 부여하려는 정체성에 반해서 자기 스스로를 규정하는 이야기를 가지고 있음으로 해서(Smith. "Narration". 43) 화자에게 또 하나의 모범이 되고 있다. 자신의 것을 빼앗으려는 사람에게 '안 된다'라고 말한 대가로 19년을 감옥에서 보낸, 화자로서는 온몸이 저려 오는 절망감을 느끼게 하는 경험을 태연하게 들려준 후 타프는 "내가 생각했던 것보다는 꽤 말을 잘 하는군"(I'm tellin it better'n I ever thought I could)(*IM*. 381)이라고 말한다. 자신의 고통스러웠던 경험을 마치 모험담처럼 이야기하며 자신의 이야기 솜씨에 만족감을 나타낼 수 있는 타프는 앞서의 트루블러드나 짐마차꾼, 메리 등과 유사한 존재이다. 즉 자신의 경험과 현실에 독자적인 질서를 부여하여 차갑고 기계적인 조건을 인간적으로 만드는 타프는, 그 자신이 지니고 살아갈 힘의 원천으로서 개인적이고 민족적인 역사 감각과 정체성을 소유한 사람(Erickson. 73)이라고 볼 수 있다.

한편, 화자가 동지회가 부여하는 믿음체계에 의구심을 가지고 개개의 흑인 민중과 흑인의 역사에 대하여 결정적인 각성을 이룰 수 있는 계기는 클리프턴에게서 나온다. "동지회 안에서만이 스스로를 알릴 수 있고 허무한 삼보 인형이 되는 것을 모면할 수 있다"(only in the Brotherhood could we make ourselves known, could we avoid being empty Sambo dolls)(*IM*. 427)라고 믿었던 화자에게, 아무 말 없이 사라졌다가 어느 날 갑자기 뉴욕 도심에서 삼보 인형을 파는 행상인으로 나타난 클리프턴의 모습은 가히 충격적인 것이었다. 그러나 뛰어난 지략과 흑인 사회에 대한 충실성으로 할렘의 영웅이었던 클리프턴은, 흑인을 위해 일한다는 동지회의 대의가 실은 거짓임을 깨달은 후 동지회의 이익을 위해 이용당해 온 자신의 모습을 삼보인형으로 희화화하였던 것이다.

즉 삼보 인형은 길거리에서 팔기 위해 무작위로 선택된 물건이 아니라, 자신들도 모르는 사이 백인 지도자들에 의해 이용당해 온 동지회의 흑인 구성원들에 대한 은유가 되는 것이다. 화자는, 도심 한가운데에서 허가증 없이 인형을 팔았다는 이유로 자신을 체포하려는 백인 경찰에게 고의적으로 반항함으로써 죽음을 맞이하는 클리프턴의 모습을 보고 동지회가 말하는 역사의 의미를 다시 생각하기 시작한다. 역사는 모든 것의 기록이라고 하지만 실은 권력자들의 공식적인 역사 해석에서 중요하다고 여겨지는 것만 역사로 기록된다. 권력자들은 삶에 일정한 틀(pattern)을 부과하여 이 틀 안에 들어오는 것들만 현실이 되고 역사가 되며, 이 틀 속에 포함되지 않는 인간들은 보이지 않는 존재로서 역사에서 사라져 버린다.

법과 권력을 소유하고 있는 승리자들은 패배자들의 역사를 지워버리고 자신들의 역사만을 문자로 기록해 놓는다. 백인이 지배하는 미국사회, 그리고 그 역사기록 속에서 보통의 흑인들의 모습이 보이지 않는 존재로 남아 있듯이 동지회가 말하는 역사의 개념으로는 할렘 민중들의 존재를 다 설명할 수 없다. 이런 점에서 동지회의 활동이 흑인 대중들의 이익에 일치하는 것이 아니라는 것을 깨닫고 "(동지회의) 역사 외각으로의 추락"(to fall outside of history)(*IM*. 427)의 형식으로 죽음을 택한 클리프턴의 행동은, 화자로 하여금 "과도기적 인간"(men of transition)(*IM*. 433)으로서의 흑인들의 의미에 대해 다시 생각해 보게 하는 계기가 되기에 충분하다.

화자는 지하철역에서 만난 주트 슈트(zoot suit)를 입은 세 명의 흑인 소년들을 보며 그들의 스타일과 습관을 생각하고, 그 자신이 잊고 있었고 당연하게 여겼던 흑인 민속예술과 평범한 흑인들의 중요성을 깨닫기 시작한다. 할렘 거리에 모여드는 수많은 다른 이름 없는 사람들처럼 이들 세 명의 흑인 소년들도 "역사의 궤도 밖"(outside the groove of history)(*IM*. 436)에 있는 존재들이지만, 화자는 "그들 모두를 안으로 이끌어 넣는 것이 자신의 책무"(it was [his] job to get them in, all of them)(*IM*. 436)였음을 알게 된다. 그가 동지회와 연관을 맺게 된 것은 그의 민족을 역사 속으로 합병시키려는 시도 때문이었는데, 동지회 내에서는 그 민족과 역사가 모두 추상적으로만 여겨져 왔고 그 결과 화자는 동지회에서의 자신의 일이 한창 성공을 거두고 있던 때에도 그들의 존재를 의식하지 못했었음을 깨닫는다.

화자의 이러한 깨달음은 클리트턴의 장례식에서 절정을 이룬다. 역사 속에서 자신들의 목소리를 침묵당했던 흑인들은 흑인영가 속에서 그 목소리를 비공식적으로 보존해 왔는데, 화자는 장례식에서 한 노인이 부르는 영가 「수많은 이들 쓰러져 갔네」("There's Many a Thousand Gone")에 동지회의 이론으로서는 그 이름을 부여할 수 없었던 초월적 감정이 표현되어 있음을 알게 된다. 그리고 그 전까지는 완전히 알지 못했던 흑인 민속 종교음악의 초월적 가치를 깨닫고, "짜릿한 부러움의 감정"(a twinge of envy)(*IM*. 445)을 느끼며 흑인 영가를 당당하게 소리 높여 부르는 한 사람을 바라본다. 지치고 누런 얼굴의 한 노인이 칼자국 있는 목을 위로 젖히며 온몸으로 노래 부르는 모습을 보고 화자는 처음으로 영가에 나타나 있는 경이로움과 감정의 깊이를 의식하게 된다. 그 노래는 평소 대중들 속에서 보편화되어 있었기 때문에 그들은 잘 알고 있는 노래, 화자 자신도 알고 있었으면서도 뭐라고 표현할 수 없는 막연한 불안 때문에 터뜨릴 수 없었던 노래였다. 노예제도로부터의 구원을 노래하고는 있지만 특정한 순간을 넘어서는 그 노래를 들으며 화자는 자기 자신과 군중들의 반응을 숙고한다.

> 나는 나 자신 속에 내재해 있는 무엇에 귀를 기울이고 있다는 것을 깨달았다. 그리하여 순간 나는 내 가슴속에서 산산이 부서지는 소리를 들었다. 군중들은 무엇인가 깊이 감동을 받은 것이었다. 바로 그 노인과 악기를 든 사나이가 촉매가 됐던 것이다. 이들은 항의나 신앙보다도 더 깊은 것을 건드렸던 것이다. ……모두 한결 같이 감동하고 있다. 그 노랫소리는 우리들 전부의 마음을 불러일으킨 것이었다. ……노인은 그 가사에 얽힌 감정을 바꾸는 한편, 그 옛날의 동경과 체념의 시대를 초월한 감정을 그 위에 가미시킨 듯했고, 게다가 동지회의 이론에서는 뭐라고 명칭을 붙일 수 없는 그 무엇인가에 의해 심화되고 있는 듯했다(*IM.* 446).

그 노래의 감정이 자아소외(self – alienation) 상황으로부터 화자를 자유롭게 하고, 자신의 전통 내부에서의 연속성 의식을 강화한다. 또한 화자는 자기 자신의 내부에 그리고 자신이 속한 민속 전통 내부에 모든 사람들이 반응할 수 있는 표현양식이 있음을 깨닫게 된다(O'Meally. *Craft.* 97). 동지회는 클리프턴의 장례식을 "서커스의 촌극"(a circus side show)(*IM.* 458)이라고 부르지만, 화자는 이번만은 장례식 행사를 보는 자신의 진정한 느낌을 옹호한다. 그리하여 마침내, 객관성과 정치적 과학주의로 가장하고서 동지회의 지도자들이 블레드소우나 대학의 백인 이사들처럼 흑인들의 이익을 위해

봉사하는 척할 뿐 실제로는 흑인들을 경시해 왔음을 깨닫게 된다.

새롭게 시작할 준비를 하며 화자는 자신의 경험이 다른 사람들의 프로그램으로 형성될 원료라는 생각을 버리고, 그 경험들을 자신의 정체성 속에 동화시킨다. 사람의 진정한 정체성은 그가 경험한 일들의 합(sum)이며, 따라서 자신의 과거를 부인하는 것은 자기 자신을 부인하는 것과 같기 때문이다(Smith. 47).

> 그러자 지금까지 겪어 온 일체의 굴욕이 경험의 귀중한 부분을 이루고 있었고, 난생 처음으로 나는 나 자신의 과거를 받아들이게 되었으며 이것을 받아들이자 뭇 기억들이 내 속에 솟구쳐 오르는 것을 느꼈다. 마치 갑자기 길목 주위를 돌아보게 된 듯 지난날 갖가지 굴욕의 영상들이 내 머리 속에 가물거렸다. 그리고 나는 이것들이 별개의 경험이 아님을 알았다. 경험은 나였고, 경험은 나를 규정하여 주었던 것이다. 나는 바로 나의 경험 그것이었고 나의 경험은 바로 나 자신이었다. 그리하여 아무리 강자라 해도, 비록 세계를 정복한 자라 할지라도 맹목적으로 그것을 가져갈 수는 없는 것이었다(*IM*. 499~500).

자신의 경험 초반부에 백인 중심의 이 사회에 대해서, 자신이 속한 흑인의 역사에 대해서, 그리고 무엇보다 자기 스스로에 대해서 무지한 상태로 출발했던 화자는 동지회와의 경험 이후 마침내 자신의 남부적 흑인 민속 과거를 수용하고 자기 자신을 포함한 평범한 흑인들의 근원적인 가치를 알게 된다. 이렇듯 블루스와 영가 그리고 민속 인물들이 구현해 보여 준 흑인 민속의 지혜가 자신의 경험의 중요한 일부임을 깨닫게 되면서 "투산씨", "귀향" 그리고 엘리슨의 장편 『보이지 않는 인간』 등의 주인공은 한 개인이면서 또

한 흑인의 전통에 연결되어 있는 자신의 존재의 의미를 받아들이
고 있는 것이다.

자유 영혼의 흑인작가, *Ralph Ellison*의 "블루스 미학"

Ⅳ.

흑인민족이 보이는 화합과 조화의 긍정적 정체성

엘리슨의 후기 단편인 "힉맨 이야기들"(Hickman Stories) 가운데 가장 대표적인 것은, 흑인의 구전 문학 장르 가운데 대중적인 '설교'형식을 소설에 차용한 "축제기간"(Juneteenth)이라는 단편이 있다. 이것은 고통을 극복하고 진정한 해방을 통해 새롭게 부활하는 흑인 민중에 대한 찬사를 담고 있다. 이 이야기는 구조와 언어 면에서 전통적 흑인 설교의 예술적 표현이다. 제목 "축제기간(Juneteenth)"는 미국 텍사스주의 노예해방을 기념하는 1865년 6월 19일까지의 축제 기간을 의미한다. 이 단편은 또한 상원의원 선드레이더(Sunraider)로 대표되는 흑인 구세대들이 사회에 구조적으로 스며들어 있는 백인지배사회의 인종 차별에 무감하고 단지 노예해방을 여전히 맹목적으로 찬양하면서 해방의 환상을 축하했던 과거의 경멸스럽고 쓰라린 기억을 담고 있다.

이 소설에서 젊은 세대를 대표하는 힉맨(Hickman) 목사의 양자

블리스(Bliss)는 과연 흑인들은 누구냐는 정체성에 관련된 질문을 한다. 이 질문에 구세대를 대표하는 아버지 힉맨 목사는 운집한 신세대들에게 흑인들은 아프리카에서 사슬에 묶여 잡혀 온 흑인 노예이지만 이들의 자랑스러운 아들딸들이라고 대답한다. 그리고 유럽인들이 전제군주의 폭정으로부터 해방을 얻기 위해서 신의 섭리에 모든 것을 의탁하고, 그리고 투쟁으로 독립을 이룩하고, 신의 섭리에 따라 건국된 나라임을 먼저 강조한다. 그러나 신의 섭리를 저버리고 흑인을 잔인하게 노예화한 것은 신을 배반한 범죄 행위라고 설교한다. 그는 "신의 칼은 두 개의 날을 가지고 있다"(God's sword is a two-edged sword)(FO. 264))라고 말한다.

흑인들이 이 미국에 노예로 끌려온 것은 잔인한 재앙이고, 인간의 잘못이지만, 이것은 또한 신의 섭리라는 애매한 태도를 취한다. 왜냐하면, "엄청난 고통과 아픔으로부터, 어둠의 폭풍우로부터, 우리는 신의 말씀을 발견해 냈기(out of all the pain and the suffering, out of the night of storm, we found the Word of God)"(FO. 26)) 때문이다. 5,000여 명의 젊은이들에게 힉맨은 마치 마틴 루터 킹(Martin Luther King Jr.)처럼 미국에 노예로 잡혀 온 흑인들의 역사에 관한 설교를 한다. 그의 설교는 또한 민족의 소생에 관해서 말하면서, 산산이 흩어진 흑인들이, 구약 성경의 "마른 뼈의 골짜기(Valley of Dry Bones)"[13)의 뼈처럼 다시 소생하리라는 구절을 인용하는 장면에서 절정을 맞이한다. 힉맨 목사는 아프리카에서 노예로 끌려온 흑인은 제국에 의해 몰살당한 이스라엘 민족처럼 마른 뼈

---

13) 구약 성경 에스겔 37장은 마른 뼈의 골짜기에 대한 에스겔 선지자의 예언으로, 이것은 민족의 부흥으로 연결된다.

의 골짜기에 묻혀 죽었으나, 구약 성경의 약속처럼 민족적 소생의 비전을 갖고 미국 땅에서 다시 부흥할 것이라고 말한다.

그러나 힉맨 목사는 신대륙에 온 흑인들이 아프리카의 언어와 문화를 상실한 것은 제국주의 백인들이 분열 정책을 통해 아프리카인들과의 연대와 전통에 대한 기억을 말살했기 때문이라고 비판한다. 그러자 그의 아들 블리스 목사는 "그들이 우리의 말하는 드럼을 빼앗아 갔다"고 말한다(*FO*. 268). 여기서 드럼은 아프리카의 전통 언어와 문화의 상징이다. 북을 상실한 것은 흑인들에게는 언어의 상실이자 문화의 상실을 의미한다. 힉맨 목사는 드럼을 통해서 젊은 세대에게 민족문화의 창조적 복원을 고취시키려는 지식인의 역할을 수행하고 있다.

힉맨은 미국의 흑인은 의사소통, 축제, 의식 등의 전통적 수단과 필수적인 언어와 음악이 없이는 존재할 수 없다고 주장하면서, 백인들은 흑인들의 문화와 언어를 말살하려 했다고 주장한다(O'Meally. 135). 그러나 힉맨은 백인들의 민족 문화의 분열과 해체전략에도 불구하고 "우리는 일어서기 시작했다(we began to stir)" (*FO*. 273)라고 말하면서, 흑인 민족의 불멸의 정신을 노래하고 있다. 힉맨의 이러한 설교를 듣고 난 뒤 흑인 고유의 언어와 춤 그리고 음악을 한데 어우르며 억압받던 과거를 기억하고 민족의 미래를 생각하면서 축제의 분위기에서 설교의 1부가 끝이 난다.

설교의 2부는 새 땅에 새 생명이란 주제를 중심으로 이루어지며, 하나님이 새로운 언어로 새로운 축복을 주셨으니, 흑인 민족의 분열을 중지하고 서로서로에 대한 연대감을 호소한다. 힉맨 목사는 젊은이들에게 흑인들의 문화 속에서 정체성을 발견할 것을 권고하며, 결국 자기부정과 혐오를 극복해 내고 공동체로서의 미국사회 속에서 공동체적 연대감을 찾을 희년을 예비하자고 역설한다. 엘리슨은 이 작품을 통해 공존의 의미와 가치를 예시하고 있는 것이다. 자신의 중요한 문학적 선배로서 도스토예프스키(Dostoevski)를 자주 언급해 왔던 엘리슨은 그를 통하여 19세기 러시아 귀족과 소작농 간의 긴장이 미국의 백인과 흑인 사이의 긴장과 상응한다는 것을 알게 되었다. 그리고 도스토예프스키의 『지하 생활자의 수기』(*Notes from Underground*)로부터 엘리슨은 『보이지 않는 인간』에 나타나는 리얼리티의 본질, 사회적 책임성의 의미, 인간 가능성의 한계 등 작품의 주제에 대한 근본적인 태도들뿐 아니라, 작품의 화자가 가시성(visibility)을 획득함으로써 자기 정체성을 확립해 나아가는 데 중요한 의미를 지니는 지하공간(underground)의 메타포를 제공받았다(Busby. 68). 자신을 쫓는 두 명의 백인 남자를 피하려다 뚜껑을 열어 놓은 지하 맨홀에 빠진 화자는, 지배 문화로부터의 단절과 강요된 백인 이데올로기에 대한 거부를 상징하는 지하에서 미국의 인종적 현실에 대한 자신의 인식을 더욱 강화하게 된다. 오스텐도르프(Berndt Ostendorf)는, 화자가 하강한 이곳 지하에서 자신의 정체성과 자의식을 확보하게 된다는 점에서 지하로의 그의 하강이 곧 상승의 의미도 지닐 수 있다고 보았다(Ostendorf. 150).

엘리슨은 『보이지 않는 인간』이 작가 자신의 것이 아니라 작품의 화자가 자신의 지난 경험을 서술한 출판된 책임을 잊지 말 것을 강조하였다(*SA*. 157). "작가의 임무는 현실이라는 명백한 형태, 즉 소수자들의 고정된 양식과 가치에 도전하여 그것들이 광포하고 혼란스런 거짓된 얼굴을 드러내고 그 진실을 보여 줄 때까지 투쟁하는 것"(*SA*. 106)이라고 생각하는 엘리슨은, 화자에 대하여 엘리슨 자신이 보는 예술가의 힘과 책임성을 투사하고 있다. 실패한 대학생이자 공장 노동자, 대중 연설가였으며 이제는 자신의 지난 경험을 서술한 책을 펴낸 작가로서의 화자는 자신의 문학적 재능을 이용하여 그에게 부여한 부적절한 정체성의 의미를 자신의 힘으로 새롭게 정의하고 있다. 작품의 주인공이면서 동시에 그 자신이 작품의 창조자이기도 한 화자에게 있어서 책 쓰기는 그 자체가 그의 경험의 일부가 되며, 화자는 그의 경험을 예술로 전환시킴으로써 생존해 나갈 수 있는 스스로의 힘을 갖게 된다.

화자가 "평화스럽게, 조용히 여러 문제들을 생각하여 해결"(*to think things out in peace······ in quiet*)(*IM*. 562)하기 위한 곳으로서 제시한 자하공간을 먼저 살펴보아야 하겠다. 전통적으로 어둠의 상징이었던 지하세계를 빛의 번쩍임으로 변화시킨 화자는 자신의 지하 영지를 다음과 같이 소개한다.

> 나의 동굴은 훈훈하고 아주 밝다. 아무렴 밝은 빛으로 충만해 있지. 뉴욕의 어느 곳도 나의 이 동굴보다 더 밝지는 않을 것이다. ······나의 지하실 동굴에는 정확하게 1,369개의 전등이 켜져 있다. 나는 천장 전면에 속속들이 전선을 배치하고 있지만 그것은 형광등 따위가 아니고 보다 구식인, 보다 많은 전력을 소비하는 필라멘트 심지가 박힌 백열등이다. 일종의 파괴행위라는 것이다(*IM*. 6〜7).

화자가 뉴욕이나 브로드웨이의 그 어느 곳보다도 더 밝은 것으로 제시하는 지하의 밝음(brightness)은 그가 폭동의 와중에 떨어진 지하 맨홀의 어둠이나 암흑과는 극단적인 대조를 이루고 있다. 이것은 화자가 새로운 낙관적인 관점을 지니게 되었음을 암시한다고도 볼 수 있는데, 자신에게 그릇된 정체성을 부여해 왔던 백인들의 세계에 환멸을 느낀 화자의 입장에서 낙관주의란, 그가 현실을 포착하게 되었다는 것과 그 결과 지상으로 상승할 준비가 되었음을 뜻한다고 볼 수 있다.

독점 전력회사(Monopolated Light & Power)로부터 훔친 전기로 자신의 지하공간을 밝히는 화자의 전기 도용행위는 글자 그대로의 경제적 형태의 저항이면서 또한 빛과 어둠, 가시성과 불가시성이라는 이 사회의 신념에 대한 저항이라고도 볼 수 있다. 흑인들로 하여금 불가시적인 존재이듯 행동하도록 강요하는 미국 사회를 상징하는 전기회사에 대하여 화자는, 그를 불가시적으로 만드는 기관의 무기인 이 전기를 그들에게 대항할 힘으로 이용한다(Donald. 151~52). 그리하여 비록 지하로 내려와 있지만 그때까지의 자신의 경험을 이용하여 "불가시성이라는 암흑을 조명"(to have illuminated the blackness of {his} invisibility)(*IM*. 13)함으로써 사회가 그를 어떻게 다루어 왔는가 하는 점과 타인들의 눈에 비치는 자신의 불가시성을 깨닫게 되는 것이다.

자신 스스로의 정체성을 확립하기 위해 화자가 지하에서 취하는 또 다른 행동은, 남부 백인 남성들 앞에서 행한 연설의 대가로 받은 서류가방 속에 자신이 지금까지 넣고 다녔던 물건들을 차례로 태우는 일이다. 화자 자신의 정체성이 아니라, 남들이 그에게 부과한 정체성을 나타내는 서류들을 태워 불을 밝힌다는 것은, 화자가 그의 지난 역사를 이용하여 미래를 인도하고 있으며 따라서 역사와 과거가 그가 정체성을 발견하는 데 중요한 역할을 한다는 것을 의미한다. 화자는 지금까지의 자신의 삶을 통해 많은 정체성들을 가지기는 했었지만 그것들은 그 자신의 것이 아니었다. 그의 고교 졸업증서는 남부 흑인의 정체성을 나타내고 잭이 조직명을 써 준 쪽지는 동지회의 정체성을 나타내며, 블레드소우가 써 준 편지는 (서류가방 속에 들어 있지는 않지만) 그의 대학의 정체성을, 클리프 턴의 삼보 인형은 동지회의 이상에 대해 느낀 클리프턴의 환멸을 나타낸다.

따라서 그가 소유했던 그 전의 많은 정체성들은 그 자신을 나타 내는 것이 아니라, 남들이 그로 하여금 되어야만 한다고 생각했던 존재를 나타낸다. 엘리슨은 "흑인을 미국인으로 만드는 것은 피부 색깔이 아니라 미국적 경험, 특별하고 정치적인 역경에서 형성된 문화적 유산"(It is not skin color which makes a Negro American but cultural heritage as shaped by the American experience, the special and political predicament)(*SA*. 131)이라고 말했고, 화자도 분 명 그러한 역경을 헤쳐 나왔다. 그러나 그의 흑인적 정체성은 백인 들이 그에게 반복적으로 강요하며 연관을 맺어야 한다고 명령했던 정체성이다. 왜냐하면 그러한 종류의 정체성을 실현시켜 주는 사람 이 백인들이기 때문이다. 이러한 이유로, 그리고 화자 자신이 그 스스로의 정체성을 가져 본 적이 없기 때문에 그의 진정한 자아는 외부 세계에 불가시적일 수밖에 없다.

지하에서 '동면'(hibernation)(*IM*. 564)의 상태에 있으면서 화자는 안전함을 느낄 수는 있다. 그러나 동면하는 이들이 모두 그러하듯 그도 언젠가는 깨어나야만 한다. 그런데 화자에게 있어서 이러한 깨어남(awakening)은 그가 할아버지의 임종 시 들었던 유언과 그 자신의 인간성에 대한 깊은 이해가 이루어진 후에 일어난다. 비록 노예였지만 "결코 그 자신의 인간성에 대해서 의혹을 품지 않았던"(……never had any doubts about his humanity)(*IM*. 517) 할아버지의 말씀에 대하여 화자는 "할아버지는 인간이 아닌, 적어도 폭행을 자행한 인간이 아닌, 이 나라의 기반을 이루는 원칙에 우리도 긍정해야 함을 말했음에 틀림없다"(he must have meant the principle, that we were to affirm the principle on which the country was built and not the men, or at least not the men who did the violence)(*IM*. 564)라고 생각하고 또한 "우리는 달리 적합한 원칙이 없으므로 그 원칙을 이용할 수밖에 없는 후계자"(we were the heirs who must use the principle because no other fitted our needs)(*IM*. 565)라는 가능성까지 고려한다. 실제로 미국 사회의 미래는 당연히 미국 흑인도 당면하게 될 미래이다. 그러나 그 이상으로, 화자는 미국 백인들보다 그들 흑인들이 더 잘할 수 있는 능력이 있기 때문에 흑인은 특별한 미국적 책임성을 지닌다고 느끼게 된다.

> ……그들보다는 선배인 민족이기 때문이며, 그들은 또 우리 속에 잠재해 있는, 그렇다, 인간의 탐욕과 옹졸함을 – 많지는 않으나 약간을 – 제거해 주었기 때문이기도 하다. 그 원칙이 그들 내부나 우리들 내부에 살아 있지 않다면 그들 자신이 그들 자신의 죽음이자 파멸이 아닌가? ……우리는 그들과는 다를 뿐만 아니라 '그들의 일부분'이기도 하고 그들이 죽으면 우리도 죽을 운명이 아닌가?(*IM*. 565).

화자는 백인들에 의해 그 존재가 아무리 멸시당한다 하더라도 흑인은 여전히 미국인이며, 흑인과 백인은 함께 생존하거나 함께 쓰러질 것이라는 점, 또한 흑인이 있으므로 미국 백인은 그들과 연계를 맺어야 하며 그렇지 않으면 전 국가와 그 원리가 무너질지도 모른다는 점을 어렴풋이 인식하고 있다. 그리고 이러한 깨달음은 "인생은 살기 위해 존재하는 것이지 통제를 받기 위해 존재하는 것은 아니다. 인간성은 어김없는 패배에 직면하면서도 플레이를 계속함으로써 승리를 얻을 수 있는 것이다"(Life is to be lived, not controlled; and humanity is won by continuing to play in face of certain defeat)(*IM*. 568)라는 확신으로 이어진다.

프롤로그에는 화자가 작가로 변모하는 데 중요한 계기가 되었던 그의 경험이 나타나 있다. 루이 암스트롱의 음악 「내 무엇을 했기에 이다지도 암담하고 우울한가」를 들으면서 "음악에 잠기는 한편, 단테처럼 깊은 심연 속으로 빠져들어 갔던"(not only entered the music but descended, like Dante, into its depth)(*IM*. 8) 화자는 미국 흑인의 과거 속으로 여행을 하며, 자신에게 중요한 메시지를 주는 죽은 조상의 영혼을 만나게 된다. 이 음악 속으로의 여행을 통해 화자는 조상들의 영혼과 이야기를 하고, 그들의 메시지를 살아 있는 이들에게 전해 줄 수 있는 힘을 얻게 된다.

어느 장난꾸러기 청년에게서 얻은 "마리화나가 든 궐련의 마력 덕분에 음악을 청취하는 데 새로운 분석적 방법을 발견한"(under the spell of the reefer {he} discovered a new analytical way of listening to music)(*IM*. 8) 화자는 몽롱한 의식상태에서 음악 속으로 빠져들어 가면서 그 안에 세 개의 단계가 있는 동굴 하나를 보게 되는데, 첫 번째 단계에서 한 노파가 "플라멩코 못지않게 온갖 고통에 가득 찬 영가를 읊조리고 있는"(singing a spiritual as full of

124

Weltschmerz as flamenco)(*IM*. 8) 소리를 듣는다. 그보다 더 낮은 곳에서 상아빛의 아름다운 소녀가 한 무리의 노예 소유주 앞에 나와서서 전신 나체로 경매에 부쳐져 있는데, 그 소녀의 애걸복걸하는 목소리가 화자에게는 마치 자신의 어머니의 목소리처럼 들린다. 노예의 목소리가 화자의 어머니의 목소리와 유사하다는 것은, 화자와 미국 흑인 여성에 대한 성 착취의 역사 사이에 깊은 관련이 있음을 뜻한다.

그 노예 여성은 단순히 경매에 부쳐진 전형적인 노예가 아니라, 자신의 목소리를 화자의 어머니에게 전수한 그들의 흑인 조상이라고 볼 수 있다. 세 번째 단계에서 화자는 그의 회중들에게 "암흑의 암흑"(Blackness of Blackness)이라는 주제로 설교를 하고 있는 한 목사를 만난다. 목사는 "암흑은 그대들을 사로잡으리라.…… 그렇진 않을 거야.…… 그렇다니까요.…… 암흑은 그렇진 않아. …… 암흑은 그대를 창조하고.…… 아니면 그대를 멸망시키리라"(Black will git you.…… an' black won't.…… It do.…… an' it don't .…… Black will make you.…… or black will un－make you)(*IM*. 9 ～10)는 내용의 반복적인 대조를 이용하고 있는데, 명백히 드러나는 대조적인 용법으로 보아 암흑(검음; blackness)의 효과는 개인이 그것에 어떻게 반응하느냐에 달려 있다고 볼 수 있다. 암흑이란 개인으로 하여금 끊임없이 정체성과의 투쟁을 하게 함으로써 '그대를 창조'할 수도 있지만, 불가시성의 상태에 머무르게 함으로써 '그대를 멸망'시킬 수도 있다는 것이다.

동굴에서 나온 뒤 화자가 만나는 영가를 부르는 늙은 여인은 자신이 가장 사랑했던 자유의 의미를 "머릿속에 있는 생각을 말하는 법을 아는 것"(knowing how to say what [she] got up in [her] head)(*IM*. 11)이라고 정의한다. 화자가 계속해서 그녀에게 자유에 관한 질문을 하려고 할 때 갑자기 그녀의 아들이 나타나 "썩 물러서지 못해! 그리고 이다음부터는 그 따위 질문은 네놈 자신에게나 물으란 말이야"(Git outa here and stay, and next time you got questions like that, ask yourself)(*IM*. 11)라는 말을 던지는데, 영가를 부르는 이 늙은 여인과의 에피소드로 화자는 "말하는 법을 알게 되었다"(knowing how to say)는 정치적 무기(Said. *World*. 13)를 가지고서 자기 스스로 과거의 의미를 숙고하고 선조들의 존재를 마음속에 지닐 작가로서의 짐을 지게 된다.

글을 쓰면서 "불가시성의 음악을 만들고"(to make music of invisibility)(*IM*. 13) 흑인의 경험을 좀 더 현실적으로 완벽하게 표현하게 되는 화자는 자신이 글을 쓰는 이유에 대해 다음과 같이 말한다.

> 그런데 왜 나는 글을 쓰고 있으며 왜 그것을 기록해 두려고 자신을 괴롭히는 것일까? 그것은 나 자신도 모르게 조금은 배운 바가 있기 때문이다.…… 어떤 관념은 나를 잊어 주지도 않는다. 이런 관념은 나의 무기력을, 나의 자기만족을 계속 고발할 뿐이다. 무엇 때문에 나는 이 같은 악몽을 꾸어야만 하는가?…… －그것은 적어도 소수의 인간에게 '이야기해' 주기 위해서가 아닐까? 피해 나갈 길은 없을 것 같다(*IM*. 570).

변화를 이루기 위한 필수적인 조건으로서 실천(action)의 선행조건인 인식(knowledge)이 철해진 채 보관되어 잊혀지게 하지 않기 위하여, 실천의 가능성, 따라서 변화의 가능성이 살아 있게 하기 위하여 화자는 자신의 경험을 글로 기록하려 한다. 그리고 그 이후

생겨난 최초의 결심은 사람들에게 그것을 이야기해 주려는 것이다.

화자는 어느 누구도 흑인의 역사를 기록하지 않으므로 자신이 스스로 역사를 기록해야 하며, 그가 스스로의 역사를 기록하지 않는다면 그는 결코 그 역사의 일부가 될 수 없음을 알고 있다. 이것은 할렘의 흑인 민중들을 바라보는 동지회의 시각을 깨달은 후, 화자가 토비트(Tobitt)라는 백인 동지에게 하는 다음의 말과도 연관이 된다.

> "나는 이 지구 사람들과 일해 온 사람이오. 동지, 당신도 마누라에게 부탁하여 술집, 이발관, 음식점, 교회 등에 따라가 보시오. 그리고 토요일에는 머리를 파마하는 미장원에도. 그러면 역사에 기록되지 않은 일체의 모든 것을 들을 수 있을 것이오. 당신은 그걸 믿지 않겠지만 그건 사실이오."(*IM*. 463)

글쓰기를 통해 화자는 그 자신의 증오를 쫓아내게 되었다고 말한다. "인간생활이란 증오와 더불어 사랑을 통해서 접근하지 않는 한 너무 많은 것을 상실할 뿐더러 그 의미를 잃게 된다"(too much of your life will be lost, its meaning lost, unless you approach it as much through love as through hate)(*IM*. 570)라고 말하는 화자는, 글을 쓰는 동안 자신이 '무장해제'(disarmament)(*IM*. 571) 되었음을 밝힌다. 글쓰기를 통해 화자는 인간성에 대한 사랑을 가지고서 싸움을 해야 함을 깨닫게 된다.

『보이지 않는 인간』은 화자가 고립된 상태에서 글을 쓰고 사회로부터 격리된 공간에서 그 사회의 폭력을 의식적으로 피하고 있다고 보는 몇몇 비평가들로부터 결말 부분의 수동성 때문에 비판을 받아 왔다. 그러나 화자가 자신의 역사를 글로 써 낸 후 그 의미를 되새기는 에필로그의 지하공간은 현실도피를 위한 최종적인 은신처가 아니라 가능성을 지닌 기대감으로 가득 차는 곳이다. 프롤로그에서 "동면이란 좀 더 명백한 행위를 하기 위한 은밀한 준비"(hibernation is a covert preparation for a more overt action)(*IM.* 13)라고 말했던 화자는 글쓰기를 통해 이룩한 무장해제 덕분으로 명백한 행위를 위한 준비가 끝났음을 다음과 같이 말하고 있다.

> 그 무장해제 덕분에 나는 하나의 결심에 도달했다. 동면은 끝났다. 나는 낡은 피부를 털어 버리고 호흡을 하기 위해 지상으로 올라가야만 하겠다. 공기에도 악취가 서려 있어서 이 같은 지하에서는 그것이 죽음의 냄새 같기도 하고 봄 냄새 같다고도 할 수 있다 – 원컨대 봄 냄새이기를 바란다.…… 불가시성은 나의 코로 하여금 죽음의 악취를 가려내는 방법을 터득하게 했다(*IM.* 571).

그의 경험을 충분히 생각하고 구체화하여 글로 써 내는 것은 단지 그가 행동을 할 것이라는 의미 이상이다. 그것은 게이츠(Henry Louis Gates, Jr.)의 주장대로 행동 그 자체이면서 지상으로의 최종적인 상승(emergence)을 요구하는 것이다(*IM.* 293).

『보이지 않는 인간』의 화자는 미래에 대해 긍정적이다. 봄이 올 것을 암시하고 있고, 봄이 도래한다는 것은 모든 동면하는 동물들처럼 그도 깨어날 것임을 의미하는 것이다. 화자가 말하는 '낡은 피부'란 어떤 면에서 그의 눈가리개와 유사하다. 남부의 백인 사회와 흑인 대학, 북부의 산업사회에서 백인들이 그에게 상징적으로 부여했던 하나의 눈가리개를 제거할 때마다 환멸을 겪은 화자는

‘새로운 사람’이 되었었는데, 이제 그가 자신을 둘러싸고 있던 두 터운 낡은 피부를 떨어 버린다는 것은 또 한 번 최종적으로 새 사람이 된다는 것을 뜻한다. 이번에는 그는 스스로의 힘으로 자신의 정체성을 실현할 수 있게 될 것이다.

화자는 자신을 규정했던 과거의 낡은 피부를 지하에 남겨 두고 “탁한 공기를 몰아내기 위해”(let the foul air out)(*IM*. 571) 앞으로 전진하려 한다. 동면이라 할지라도 너무 오래 잠을 자면 그것이 자신의 최대의 사회적 범죄가 됨을 알고 있는 화자는 자신이 동면 기간을 너무 초과해 버렸음을 인식하고 지상으로의 상승을 시작하려 한다. “비록 보이지 않는 인간이라 할지라도 사회적으로 수행할 역할이 있음”(even an invisible man has a socially responsible role to play)(*IM*. 572)을 알고 있기 때문이다.

결국 화자는 그 지하에서의 명상 끝에 화합과 조화를 통한 인종 간의 공존을 제안한다. 그는 모든 인종과 민족 간의 화합과 조화를 통한 공존만이 흑인의 불가시적 상황을 끝내고, 백인 역시 자유로워지는 길임을 주장한다. 화자는 미국이란 나라는 수많은 실타래로 묶여 짜인 나라임을 지적하며, 그 실타래들이 그대로 남아 다양성을 유지하는 것만이 미국이 사는 길이라고 말한다. 그러나 미국을 지배하는 백인은 모든 다양성을 용해시켜 하나의 통일된 모형을 만들어 내고자 한다. 그러한 백인의 노력은 결국 미국 전체의 생존을 위협하는 것임을 화자는 지적한다.

> 지금 나는 인간들은 서로 다르고 모든 삶이란 분리되어 있으며, 그런 분리 속에서 참다운 건전성이 있다는 것을 알게 되었다. 그래서 나는 땅속

에 남아 있는 것이다. 땅 위에서는 인간을 어떤 모형으로 획일화시키려는 노력이 점차 커져 가고 있기 때문이다. 내가 꾸었던 악몽에서처럼 잭과 그 일파는 칼을 쥐고 대기하면서 조금이라도 구실을 찾아내기만 하면 죽자 살자 덤벼들 것이다. 내 말은 구식 댄스 스텝에 비유해서 하는 말이 아니다. 하지만 그들이 하고 있는 짓은 이 늙은 독수리(미국)를 위협할 만큼 흔들어 대고 있는 것이다(*IM.* 435).

화자는 다양성 속에 참다운 건전성이 있다고 말한다. 다양성을 인정한다는 것은 나와 타인의 차이를 인정하고 그대로 수용하는 자세이다. 미국흑인들이 고통받고 있는 그들의 부조리한 상황, 그들의 불가시성은 결국 차이를 그대로 인정하지 않고 백인을 유일한 기준으로 삼아 모든 것을 일렬로 세우고자 하는 백인들의 폭력 때문이다. 로렌스(D. H. Lawrence)는 미국 민주주의 정신을 시로 구현시켰다는 칭송을 받는 국민시인 월트 휫트만(Walt Whitman)을 평하면서, 바로 이러한 점을 지적했다.

> '하나의 방향' 하고 미국은 고함을 지른다. 그리고는 자동차를 집어타고 출발한다.
> '전체' 하고 소리 지르며 방심한 아메리카 인디언의 머리 위를 질주해 가며, 교차로에서 월트는 비통한 절규를 한다.
> '하나의 주체' 하고 자동차 뒤를 질주해 가면서, 자동차 바퀴 밑에 시체들이 있다는 것을 알아차리지 못하고 민주적 대중은 노래 부른다(Lawrence. 199).

소위 평등을 부르짖는 미국의 민주주의가 오직 백인들만으로 이루어진 '하나'라는 균등한 상태로의 염원이며, 약한 집단인 인디언을 비롯한 흑인 등의 소수 집단은 소외되고 있음을 로렌스는 간파하고 있다. 이처럼 모든 차이를 없애고 획일화시키되, 그 절대적 기준이 되고 목표가 되는 현상을 사이드는 다음과 같이 파악한다.

> '백인'이라는 것은 하나의 관념임과 동시에 하나의 현실이었다. 그것은 특정한 판단, 평가, 제스츄어를 의미했다. 그것은 유색인들과 백인들이 모두 순종해야 할 권위의 형태였다. ……이러한 범주의 근저에는 '우리들'은 언제나('그들'이 '우리들'의 완벽한 하나의 기능이 되기까지) '그들'을 계속 침식한다. ……'우리들'이 갖는 가치는 (소위)리버럴하고 인도적이며 정확한 것이고 아름다운 문학과 해박한 학문, 합리주의적인 탐구의 전통에 의해 뒷받침된 것이었다. …… 이러한 문화적 가치가 반복하여 찬양되어 인간적 연대가 형성되었다고 하여도, 그것은 포괄적인 것과 동시에 같은 정도로 배타적인 것이다. ……'우리들'을 함께 묶는 연대는 중대했으나, 한편으로 다른 국외자들(outsider)은 추방된다(Said. *World.* 227~8).

그러나 '우리들(We)'의 연대 속에 포함되는 백인들이 국외자인 흑인들을 추방함으로 인해 얻게 되는 것은 아무 것도 없다고 주인공은 말한다. 오히려 그들 역시 흑인과 꼭 같은 상황에 빠지게 됨을 지적한다. 화자는 백인들이 획일화를 계속 추구한다면, 결국 그들은 보이지 않는 흑인까지도 희게 만들게 되겠지만, 문제는 "그 흰색이 색깔이 아니라 색깔의 결핍"(……white, which is not a color but the lack of one)(*IM.* 435)이라는 것을 지적한다. 그리고 그러한 결핍으로 인해 미국은 무엇을 잃게 될 것인지를 진지하게 생각해 보기를 권한다. 화자는 싸움의 "승자는 패자와 마찬가지로 얻는 것이 없다"(It's "winner take nothing")(*IM.* 435)라고 말하는 것이다. 이러한 상황은 화자가 노튼과 재회하는 장면에서 잘 나타난다.

승자(백인)인 노튼은 거리에서 길을 잃고서 주인공에게 방향을 묻기 위해 다가온다. 주인공이 말한 대로 길을 잃는다는 것, 즉 갈 방향을 모른다는 것은 자신이 누구인지를 모름을 의미하는 것이다. 노튼은 예전과 마찬가지로 단정하게 차려입고 있지만 여위고 늙은 모습으로 변했다. 획일화되려는 미국의 노력은 미국을 쇠퇴의 길, 죽음의 길로 이끌고 있음을 알 수 있다. 방향을 모르는 노튼에게 주인공은 아무 차나 타라고 말한다. "어차피 모두 골든 데이로 노튼을 데려다 줄 것(Take any train; they all go to the Golden D-)"(*IM*. 437)이라는 화자의 말은 승자인 노튼의 종착역 역시 흑인들의 종착역과 다를 바 없는 파멸임을 의미한다.

차이에 따른 다양성을 인정하지 않고 하나의 기준에 따라 '나'와 '너'를 분리하여 상대방을 판단하는 백인의 독선은 흑인에게는 불가시성을, 백인에게는 있는 그대로의 진실에 대한 눈멂을 가져왔다. 흑인과 백인은 모두 골든 데이의 혼란 속으로 빠져드는 피해자가 된다. 결국 주인공은 모든 인간의 운명은 연결되어 있음을 흑인과 백인이 모두 깨닫도록 촉구하고 있다. "우리는 그들과 다르면서도 한 몸이기도 하기 때문에 그들이 죽으면 우리도 죽게 된다"는 것이다(*IM*. 434).

어느 한쪽이 죽는다면 나머지 쪽도 멸망할 수밖에 없으므로, 흑인과 백인이 상호 이해하에 공존하는 것만이 유일한 삶의 길임을 화자는 말한다. 하나의 미국을 이루는 양 집단, 흑인과 백인의 운명이 연결되어 있음을 볼 수 있는 장면은 프롤로그의 폭행 장면이다. 밤거리에서 우연히 마주친 백인 남자의 욕설에 화자는 사과를 요구한다. 이는 계속되는 백인의 부당한 억압과 지배에 흑인들이 평화로운 방식으로 항의를 시작하는 것을 의미한다. 백인남자의 언어폭력을 더 참을 수 없게 된 화자는 폭력을 행사하게 되고 끝내 칼을 꺼내 백인남자를 죽이려 한다.

이전에 화자가 행사한 물리적 폭력과 분노의 대상이 동족인 흑인 ― 대난투에서 화자와 다른 흑인 소년이 끝까지 남았을 때 둘 사이엔 증오가 있었고, 브록웨이와의 싸움에서도 마찬가지였다 ― 이었으나, 이제는 백인을 향하고 있는 것이다. 백인 남자를 향한 화자의 폭력은 그 자신의 자유의사로 해방을 서서히 달성하는 첫걸음을 의미한다. 두려운 힘의 상징이었던 백인을 죽인다는 것은 그의 마음속에서 부조리한 현실의 암운을 걷어 내는 것이기 때문이다.

흑인을 불가시적 존재로 계속 억압하는 행위의 결과는 결국 부메랑처럼 백인들에게 돌아가 그들 자신의 재난을 초래한다. 그러나 백인의 멸망은 역시 흑인의 운명과 연결되어 있기도 하다. 흑인의 의식 속에서 '주인님'으로 존재하는 백인을 정신적으로 살해하는 행위는 노예였던 흑인이 자유인으로 새로이 태어나는 '세례'의 의의를 가지는 것은 사실이지만, 이 정신적 살해 행위를 물리적으로 행할 때의 결과는 부메랑처럼 흑인에게 돌아간다. 예를 들어, 라이트의 작품 『토박이』(*Native Son*)에서 주인공 비거(Bigger)는 백인인 메리 달톤(Mary Dalton)을 살해함으로써 비로소 자신이 창조적 행위를 할 수 있는 존재임을 깨닫는다. 그는 정신적으로는 자신의 인간성을 회복하는 자유를 맛보지만 현실적으로는 누구에게도 이해받지 못한 채 여전히 불가시적인 존재로 사형을 당한다. 메리를 살해한 비거는 자신의 행동의 결과로 자신도 죽음에 이를 뿐이다. 이를 알기 때문에 주인공은 체포 직전에 백인 남자를 죽이지 않고 살려둔다.

따라서 쌍방 모두가 살아남기 위해서는 상호 존재를 인정하고 무지와 오해에서 비롯된 편견과 공포, 그리고 증오를 극복해야만 한다. 상대의 존재를 인정한다는 것은 그 존재가 나와 다름을 인정하는 것이다. 나와 다를 뿐 나와 동등한 인간성을 가졌음을 인정하는 것이다. 다름을 받아들임으로써 모든 다양성을 인정할 때, 모든 개인과 집단은 열등과 우월의 가치로 서열화되지 않고 단지 차이를 지닌 것으로 인식되며 모든 개인은 자신과 상대방의 인간성을 받아들일 수 있는 것이다. 화자가 말하듯이 "진정한 원칙은 일체의 인간적이며 불합리한 다양성 속에 살고"(the principle lives on in all its human and absurd diversity)(*IM*. 438) 있는 것이다. 이 깨달음은 화자의 분노와 한을 지워버림으로써 그를 무장해제시킨다. 이 순간이야말로 백인들로부터 화자가 벗어나는 순간, 진정한 자유가 완성되는 순간이 된다.

억압당하던 집단이 진정한 해방을 이루어 내기 위해서는 그것은 억압에 억압으로, 폭력에 폭력으로 대항하는 단순한 '자리바꿈'이어서는 안 된다. 자리바꿈은 기존의 증오와 공포를 그대로 유지시킬 뿐이다. 진정한 해방은 증오와 분노가 아닌 이해에 바탕을 두고 서로의 관계 자체를 바꾸는 데서 온다. 서로를 이해하기 위해서는 상대방의 이야기를 들어야만 한다. 통일된 거대한 하나의 목소리가 아닌 부분에서 들려오는 작은 소리들, 즉 료따르(J. Lyotard)가 말한 "국지적인 이야기들"(Lyotard. 123)들에 힘을 실어 주어야만 한다.

국지적인 이야기들이란 ‘중심’이 아닌 ‘주변’에 위치한 사람들의 이야기이다. 그것도 그저 밀려난 채 ‘중심’만을 바라보는 남부대학시절이나 동지회 시절의 화자와 같은 이의 이야기가 아니라, 자신의 ‘주변성’을 알고 그것을 바꾸어 결단력을 지닌 지하생활시기의 화자의 이야기를 말한다. 화자는 지나온 삶의 경험을 지하에서 명상하면서 자신이 선 자리에서만 가능한 지혜를 얻었다. 백인들이 차지한 ‘중심’이 아닌 ‘주변’이라는 그의 위치는 그에게 개인과 문화의 다양성을 인식하고 수용하도록 해 주었다.

다양성을 무시하는 백인들의 지배원리가 합리성과 폭력에 근거하여 모든 차이를 철저히 서열화하고 침묵하게 한 ‘죽임의 원리’였다면, 주변에서 화자가 나지막이 말하기 시작한 그의 이야기는 ‘살림의 원리’라고 할 수 있다. 이런 화자의 이야기에 백인들이 귀를 기울인다면, 즉 백인들이 다양성과 차이를 인정하고 수용한다면 미국 사회는 보다 적응력 있는 사회가 될 수 있다. 하나의 가치 지향과 생활스타일을 고집하는 집단만을 허용하는 사회는 새로운 상태로 이행해 가는 가능성을 그만큼 적게 가지고 있는 셈이며, 따라서 그런 획일적인 사회는 적응력이 큰 사회일 수가 없는 것이다. ‘다양성을 포용하는’ 사회가 ‘획일성을 복제해 내는’ 사회보다 생존력과 적응력이 더 강하다는 것이며, 이 원리는 장기적 안정을 기대하기 어려운 현대와 같은 유동적인 시대에는 더욱 타당한 원리이다.

자신의 주변성에 눈뜨고 자신의 눈으로 세상을 바라보며, 자신의 머리로 현실을 판단하고 자신의 목소리로 할 이야기가 있는 화자는, 다시 말해 진정한 자아확립을 맞이한 화자는 드디어 동면을 끝내고 다시 세상으로 나가고자 하는 것이다. 그는 이제 세상에 나가

책임감 있는 역할을 할 가능성을 찾는다. 물론 그는 다시 세상에 나가도 자신은 여전히 보이지 않는 존재에 지나지 않을 것임을 알고 있다. 그러나 이제 그는 세상의 모든 사람들에게 "정말 어떤 일이 일어나고 있는가를 얘기해"(try to tell you what was really happening)(*IM*. 439) 줄 수 있다. 소외되었던 그의 목소리가 사람들의 귀에 들려오는 그 순간 하얗게 탈색되어 야위고 늙어 가던 미국의 한 부분이 본래의 제 색깔을 찾을 것이다. 그것이 화자가 파악한 그의 책임이다. 즉 보이지 않는 이들이 해야 할 책임이며, 그것은 오직 보이지 않는 사람들만이 할 수 있는 일이다.

바로 이 점에서, 흑인의 불가시성을 오히려 그들만이 해낼 수 있다는 긍정적인 힘으로 바꾸어 내는 엘리슨의 주장이 돋보인다. 흑인들이 그들의 타자성에서 비롯된 주변성으로 말미암아 오히려 미국을 획일화로부터 구해 낼 수 있는 가능성의 주체가 된 것이다. '중심'에 있는 백인들은 '중심'인 자기 자신을 볼 수 없지만 주변으로 추방된 흑인들은 중심의 실체를 볼 수 있는 가능성을 가지기 때문이다. 지워졌던 수많은 존재들이 — 개인이건 집단이건 — 서로 다른 목소리를 내면서, 동시에 애정을 갖고 서로에게 귀를 기울일 때, 그리하여 중심으로만 존재하던 백인집단이 더 이상 중심이 아니게 될 때, 비로소 미국은 본래의 다양함을 살리며 조화롭고 아름다운 모자이크의 세계로 변화할 것이다. 다양함 속에서 조화된 아름다움을 보이는 이러한 모자이크적인 세계를 구현하기 위해 주인공은 고발하고 변호하고 증오하면서 '사랑'하는 것이다. 그것이 그가 지하생활을 통하여 알아 낸 그가 할 다음 단계의 일이다.

> 내가 고발하는 이유는 비록 내 자신이 관련이 있어 책임이 얼마만큼은
> 있지만 어쨌든 지옥과도 같은 고통을 당할 정도로, 불가시성의 상태에
> 빠질 정도로 고통을 받아 왔기 때문이다. 내가 변호하는 이유는 그 같은
> 온갖 일에도 불구하고 내가 사랑하고 있다는 것을 알고 있기 때문이다.
> 이런 일을 쓰기 위해서는 사랑이 있어야 한다(*IM.* 437~8).

그는 자신의 고통에 대한 책임이 있는 이들을 고발하고 증오하지만, 동시에 그들을 변호하고 사랑한다. "증오만큼 사랑을 통해서 인생을 접하지 않으면 인생의 많은 부분을 상실하게 될 것"(too much of your life will be lost, its meaning lost, unless you approach it as much through love as through hate)(*IM.* 438)이라는 그의 말은 더불어 함께 살아가기 위해서는 상호 이해와 상호 수용의 노력, 즉 사랑이라는 긍정성이 있어야만 한다는 의미이다. 이 긍정적 사랑을 통해서 화자가 바라는 세계(미국)는 왜곡된 틀로부터 벗어나는 것이 가능할 것이다. 완전한 조화의 상징인 원을 이루되 각각의 색깔이 그대로 살아 있는 "무지개 같은 미국의 미래"(The Rainbow of America's Future)(*IM.* 291)가 바로 화자의 비전이자 엘리슨의 비전이다. 결국 엘리슨은 단순히 흑인의 문제에 국한된 것이 아니라, 인종의 벽을 넘고 문화 사이의 간극을 메우는 인류 보편적인 화해와 조화, 자유를 추구하는 다원적 보편주의를 지향하고 있다. 모든 인종의 어울림의 문화, 즉 평등과 자유를 회복하고 화해와 조화를 추구하는 문화가 바로 엘리슨이 추구하는 진정한 사회의 모습인 것이다.

V.

나가며

지금까지 본 연구에서는 미국 사회에서 불가시적으로 존재하는 흑인이 그들 고유의 민속 전통과 대면하고 그 의미를 깨닫게 됨으로써 흑인의 역사와 보통 흑인들의 가치를 재인식하고, 그간의 자신의 경험들을 통해 궁극적으로 흑인으로서의 정체성 확립에 이르게 되는 과정을 살펴보았다.

모든 관념과 이데올로기가 백인 중심적인 미국 사회에서 흑인은 자신의 고유한 문화와 절연당하고 자신의 문화적 특질을 무시당하는 집단적인 정체성뿐 아니라 개별적인 인간의 정체성마저 거부당하는 불가시적인 존재이다. 『보이지 않는 인간』의 화자가 만나는 미국 사회의 주요 기관들은 백인 사회의 지배적인 이데올로기를 전파하는 주체들로서 '백인은 옳고', '이곳은 백인의 사회'라는 백인중심의 이데올로기를 공고히 하여 미국 사회에서 인간이 아닌 대상으로서 불가시적으로 존재하는 흑인의 처지를 확인하게 한다.

그리고 작가 엘리슨은 이러한 백인의 지배 이데올로기에 대해 흑인의 민속 전통을 대비시키며, 자신의 작품들의 화자가 정체성의 혼란을 겪거나 정체성 상실의 위기를 겪을 때 강력하게 발휘되는 흑인 민속의 힘을 보여 준다.

인종차별적인 남부 사회에서 흑인 민속의 지혜를 상징하는 인물들은 화자의 정체성 발견에 중요한 역할을 하는 것으로 나타난다. 『보이지 않는 인간』에서의 화자의 할아버지와 흑인 퇴역군인은 미국 사회의 흑인으로서 화자가 앞으로 겪게 될 운명을 암시해 주는 인물이며, 흑인 소작인 트루블러드 역시 블루스를 부르며 자신의 민속 전통과의 관련성을 지님으로써 화자에게 자기 정체성을 발견하게 하는 하나의 모델이 되고 있다. 남부 흑인의 문화적, 인종적 정체성을 파괴하는 북부에서 만난 짐마차꾼은 자신이 속한 흑인의 전통을 고수하고 타고난 지혜를 간직하는 것이 백인 사회를 살아가는 흑인에게 힘의 원천이 될 수 있음을 보여 준다. 화자는 남부 흑인의 어머니와 같은 역할을 하는 메리를 만난 후 자신의 민족을 고난에서 구해 낼 젊은 흑인으로서 자신의 임무를 깨닫게 되고, 남부의 노예제도를 일깨우는 타프의 족쇄를 물려받으면서 그 자신이 흑인 해방의 사슬 속에 하나의 고리가 될 의무도 함께 물려받게 된다. 마지막으로 흑인 사회의 영웅이었던 토드 클리프턴의 장례식에서 군중들이 부르는 흑인 영가를 듣는 동안에 화자가 깨닫게 되는 것은 개인이면서 동시에 흑인 전통에 연결되어 있는 자신의 존재 가치이다.

초반부에 자신이 사는 사회와 흑인의 과거전통 그리고 무엇보다 자신에 대한 무지에서 출발한 『보이지 않는 인간』의 화자가 자신의 남부적인 흑인 민속의 전통을 수용하고 평범한 흑인들의 근원적인 가치를 알게 되면서 행하는 일 중의 하나는 실천과 변화의 가능성이 살아 있게 하기 위하여 자신의 경험을 글로 기록하는 것이다. 이와 같은 각성을 얻게 된 화자는 자신의 지하 거주를 좀 더 명백한 행동을 하기 위한 은밀한 준비라고 생각하고, 백인들이 부여했던 거짓된 정체성의 낡은 피부를 털어 버리고 자신이 해야 할 사회적 역할 수행의 의무를 인식하면서 지상으로의 상승을 준비한다.

흑인 작가들이 백인들의 시선을 통해서 자신을 바라보기를 거부하고, 자신들의 눈을 통해 본 흑인 생활의 외적, 내적 면모를 진실하게 그려 내는 것은 지배적인 이데올로기가 부여하는 현실관과는 다른 새로운 관점을 제시함으로써 억압당해 온 자신의 민족을 인간화하려는 시도라고 볼 수 있다. 따라서 흑인문학에서 이미지 창조자로서의 작가의 역할이 강조되고, 많은 작품이 불가시성에서 정체성으로 나아가려는 시도를 그리고 있는 것은 당연한 노력이라고 볼 수 있다.

엘리슨이 미국사회에서의 흑인의 경험과 문화를 작품 속에 담아 낸 것 역시 세상이 부여한 외면적 고정관념을 깨고 내면적 이해로 나아가기 위한 노력이며, 소외되고 외면당한 개체들이, 자신들이 놓여 있는 타자의 입장에서 주체로 복귀하고자 하는 시도라고 볼 수 있다.

특히 엘리슨에게 흑인 민속이란 백인이 자신들에게 내려 준 현실적인 규정 대신에 스스로의 경험과 감수성을 신뢰하려는 흑인들의 의지의 표명이며 흑인 문화를 긍정하는 강력한 힘으로 인식된다. 엘리슨은 자기 자신과 현실에 대한 무지에서 대체로 출발하는 그의 작품 속의 화자들이 정체성을 확립해 나가는 과정의 핵심에 흑인 민속을 위치시키고 있다. 그는 예술이란 그 자체로서 사회적인 행위라고 생각하기 때문에 화자가 흑인 민속 전통의 지혜와 대면하게 하고 그 지혜를 구현하는 민속 인물들과의 만남을 통해 백인 사회에서의 자신의 진정한 위치를 깨닫는 화자가 작가로 변모하게 한다.

엘리슨의 작품은 대체로 흑인이 처한 존재론적 모순, 불가시성과 타자성의 자각에서 비롯되어, 인간에 대한 인간의 억압을 타파하기 위한 방안의 부단한 추구를 담은 처절한 고뇌와 예지의 산물이다. 그는 흑인이 처한 특수한 상황, 즉 그들의 불가시성 속에서 미국의 백인에 의해 얼굴과 목소리, 역사를 잃어버린 주변인(소수민족, 유색인종, 여성, 장애인……)의 보편적인 소외를 발견했으며, 주변인이 자신의 '시각'을 되찾는 것이 중심과 주변을 해체하여 모든 인간이 평등해지는 길의 시작임을 갈파했다. 민족 간·인종 간·문화 간의 서열을 결정하는 유일한 가치가 존재한다는 믿음은 권력의 소유자였던 서구인들의 관념적 허상에 불과하며, 민족과 문화, 인종 간에는 우열이 아닌 '차이(difference)'만 존재한다는 사실을 받아들이는 것이 모든 인류가 공존할 수 있는 길이라고 보는 엘리슨은 『보이지 않는 인간』과 단편들 "귀향", "빙고게임의 왕", "흑맨 이야기들" 등을 통해 주변인과 중심에 선 자 모두와 끊임없는 대화를 나누고 있는 것이다. 따라서 엘리슨이 백인사회로의 편입을 노린 동화주의 작가라는 평가는 부당한 것이며, 또한 작품의 예술적 완성도를 높이려는 그의 노력만을 부각시키는 시각 역시 편협한 것이다. 오히려 엘리슨은 모든 인류의 인간성 회복을 촉구하고자 하는 작가로서의 역사적 책임을 완성도 높은 예술 작품을 통해 구현하고자 노력한 작가로 평가받아야 될 것이다.

엘리슨은 자신의 저술행위를 통해 미국사회가 흑인에게 부여하는 여러 가지 부정적 정체성을 극복하고, 진정한 정체성에 이르려는 시도를 보여 준다. 그는 작가란 자신의 경험을 예술형식으로 바꿈으로써 집단의 경험에 의미를 부여하는 기능을 맡고 있다고 말하고, 저술행위는 다른 사람에게 부여받은 이름을 자신의 것으로 만들어 나가고, 자신의 진정한 자아를 창조해 내고 긍정해 가는 과정이라고 본다(Bryant. 144~8).

한 개인이 자아를 정립하기 위해서는 외부의 부정적 시선에서 벗어나 자신의 눈으로 자신의 가치를 긍정할 필요가 있다. 피억압자가 자신들이 당하는 억압에서 벗어나기 위해서는 자신에게 가해지는 외부 힘에 대한 부정과 동시에 자신에 대한 긍정이 병행되어야 한다. 미국 사회에서 흑인들이 꽃피워 낸 흑인 문화의 풍부함과 긍정적인 역할에 주목한 엘리슨은 흑인의 삶의 황폐한 양상보다는 그 다양성과 가능성에 역점을 두어 흑인의 민속 소재들을 강조함으로써, 보이지 않는 것으로 여겨졌던 흑인 문화를 가시화하고 가치화하여 미국 흑인의 존재에 긍정적인 가치를 부여하였다. 흑인 작가로서의 그의 위대함은 바로 이 점에 있다고 보아야 할 것이다.

BIBLIOGRAPHY

1. Primary sources

Ellison, Ralph. *Invisible Man*. New York: Random House, Vintage Books, (1947) 1972.

______. "Ralph Ellison Explains", *Magazines of the Year,* 2(May 1948).

______. *Shadow and Act*. New York: Random House, Vintage Books, 1964.

______. *Going to the Territory*, New York: Random House, 1986.

______. The Collected Essays of Ralph Ellison. Prefaced by Saul Bellow. Ed. John F. Callahan. New York: Random House, 1995.

______. *Flying Home and Other Stories*. Ed. & Intro. John F. Callahan. New York: Random House, 1996.

2. Secondary sources

Abrams, Robert E. "The Ambiguities of Dreaming in Ellison's *Invisible Man*." American Literature, 49, no. 4(1978).

Baker, Houston A., Jr. *Blues, Ideology, and Afro —American Literature: A Vernaculer Theory*. Chicago: The University of Chicago Press, 1984.

______. Singers of Daybreak: Studies in Black American Literature. Washington D.C.: Howard University Press, 1984.

______. *The Journey Back: Issues in Black Literature and Criticism*. Chicago:

The University of Chicago Press, 1980.

________. "To Move without Moving: An Analysis of Creativity and Commerce in Ralph Ellison's Trueblood Episode." *PMLA* Vol. 98, no. 5(Oct. 1983).

Baldwin, James. *Notes of a Native son.* Boston: The Beacon Press, 1955.

Barksdale, Richard K. "Black America and the Mask of Comedy". Louis D. Rubin, Jr. The Comic Imagination of American Literature. Voice of America Forum Series, 1974.

Baumbach, Jonathan. *The Landscape of Nightmare: Studies in the contemporary American Novel.* New York: New York University Press, 1965.

Beauvoir, Simonne de. *The Second Sex.* Trans. H. M. Parshley. New York: Alfred A. Knopf, 1957.

Bell, Bernard W. *The Afro – American Novel and its Tradition.* Amherst: The University of Massachusetts Press, 1987.

Bellow, Saul, "Man underground". Ralph Ellison: A Collection of Critical Essays. Ed. John Hersey. Englewood Cliffs, N. J.: Prentice, 1974.

Berghe, Pierre L. van den. *Race and Racism: A Comparative Perspective.* New York: John Wiley & Sons, Inc., 1967.

Bigsby, C. W. E. *The Second Black Renaissance: Essays in Black Literature.* Westport: Greenwood, 1980.

Blake, Susan L. "Ritual and Rationalization: Black Folklore in the Works Ralph Ellison", *PMLA*, Vol. 94, No.1. 1979.

Bluestein, Gene. The Voice of the Folk. Amherst: Univ. of Massachusetts Press, 1972.

Bone, Robert A. *The Negro Novel in America.* New Haven and London: Yale University Press, 1964.

Busby, Mark. *Ralph Ellison.* Boston: Twayne Publishers, 1991.

Byerman, Keith E. *Fingering the Jagged Grain: Tradition and Form in Recent Black Fiction.* Athens, Georgia: The Univ. of Georgia Press, 1985.

Callahan, John F. "Frequencies of Eloquencies of Eloquence: The Performance and Composition of Invisible Man." New Essays on Invisible Man. Ed. Robert G. O'Meally. Cambridge: Cambridge UP, 1988.

Chapman, Abraham, ed. *Black Voices: An Anthology of Afro‐American Literature.* New York: The New American Library, 1968.

Collier, James Lincoln. *Inside Jazz.* New York: Four Winds Press, 1973.

Cone, James H. *The Spirituals and the Blues.* New York: Harper & Row, 1974.

Cooke, Michael G. Afro‐American Literature in 20th Century: The Achievement of Intimacy. New Haven and London: Yale University press, 1984.

______. *Modern Black Novelists: A Collection of Critical Essays, Twentieth Century Views.* Englewood Cliffs, N. J.: Prentice Hall, 1971.

Corry, John. "Profile of an American Novelist, A White View of Ralph Ellison." *Black World*(1970, December).

Davis, Arthur Paul. *From the Dark Tower: Afro‐American Writers, 1900 to 1960.* Washington D. C.: Howard University Press. 1974.

Donald, Miles. The American Novel in the Twentieth Century. London: David & Charles, 1978.

Dreer, Herman, ed. *American Literature by Negro Authors.* New York: MacMillan Company, 1950.

DuBois. W. E. B. "The Souls of Black Folk", in *Black Voices* ed. Abraham Chapman. New York: The New American Library, 1968.

Erickson, Erick H. "The Concept of Identity in Race Relations", in *Old Memories New Moods*, ed. Peter Ⅰ. Rose. New York: Atherton Press, Inc., 1970.

Evans, David. Big Road Blues: Tradition and Creativity in the Folk Blues. Berkeley & Los Angeles: Univ. of California Press, 1982.

Fanon, Frantz. *The Wretched of the Earth.* Trans. Constance Farrington. New York: Grove, 1963.

Fischer, Russell. "*Invisible Man* as History." CLA Journal 7. 3(1974).

Foner, Philip S. ed. *The voice of Black America: Major Speeches by Negroes in the United States, 1797‐1971.* New York: Simon and Schuster, 1972.

Fuller, Hoyt W. "The New Black Literature: Protest or Affirmation" in

Black Aesthetic. Oxford: Oxford UP, 1984.

Garland, Phyl. *The Sound of Soul*. Chicago: Henry Regnery Co., 1970.

Gayle, Addison, Jr. *The Black Aesthetic*. Garden City, New York: Anchor Press/Doubleday, 1971.

______. *The Way of the New World: The Black Novel in America*. Garden City, New York: Anchor Press/Doubleday, 1975.

Gibson, Donald B., ed. Five Black Writers: Essays on Wright, Ellison, Baldwin, Hughes, and LeRoi Jones. New York: New York University Press, 1970.

Goffman, Erving. *Stigma: Notes on the Management of Spoiled Identity*. Middlesex, England: Penguin Books Ltd, 1968.

Graham, Maryemma and Singh, Amritjit ed., *Conversations with Ralph Ellison*. Jackson: University Press of Mississippi, 1995.

Hassan, Ihab. *Radical Innocence: The Contemporary American Novel*. Princeton, New Jersey: Princeton University Press, 1961.

Hernton, Calvin C. Sex and Racism in America. NY: Grove Press, 1966.

Hersey, John, ed. *Ralph Ellison: A Collection of Critical Essays*. Englewood Cliffs, New Jersey: Prentice – Hall, 1974.

Herston, Zora Neale. *Folklore, Memories, and Other Writings*. London: Lawrence & Wishart, 1995.

Hill, Herbert, ed. *Anger, and Beyond: The Negro Writer in the United States*. New York: Harper & Row, 1966.

Hoffman, Daniel, ed. Harvard Guide to Contemporary American Writing. Cambridge, Mass.: Harvard UP., 1979.

Hooks, Bell. "Marginality as Site of Resistance." *Out There: Marginalization and Contemporary Cultures*. Russell Ferguson, et al., eds. NY: The New Museum of Comtemporary Art, 1990.

Inge, M. Thomas. *et al.* eds. Black American *Writers: Bibliographical Essays Volume 2 Richard Wright, Ralph Ellison, James Baldwin, and Amiri Baraka*. New York: St. Martin's Press, 1978.

Jameson, Fredric. The Political Unconscious: Narrative as a Socially Symbolic Act. Ithaca, N. Y.: Cornell University Press, 1981.

Jan Mohammed, Abdul. "The Economy of Manichean Allegory: The Function of Racial Difference in Colonialist Literature", *Critical Inquiry* 12(1985, Autumn).

Jones, LeRoi. *Blues People*. New York: william Morrow & Co., 1963.

Kent, George W. *Blackness and the Adventure of American Culture*. Chicago: Third World Press, 1972.

Kim, Daniel Y. "Invisible Desires: Homoerotic Racism and its Critique in Ralph Ellison's Invisible Man". Novel: Forum and Fiction.(Spring, 1997)

Klein, Marcus. *After Alienation: American Novels in Mid — Century*. Chicago: Chicago UP, 1964.

Lawrence, D. H. Studies in Classic American Literature. Cambridge, Mass.: Harvard UP., 1972.

Lee, A. Robert, ed. *Black Fiction: New Studies in the Afro — American Novel since 1945*. London: Vision Press, 1980.

Lieber, Todd M. "Ralph Ellison and the Metaphor of Invisibility in Black Literature Tradition" *American Quarterly,* 24, No.1, 1973.

Lyotard, J. The Postmodern Condition. Mancgester, 1984.

Margolies, Edward. *Native Sons: A Critical Study of Twentieth Century Negro American Authors*. Philadelphia and New York: J. B. Lippincott Co., 1968.

Miles, Donald. *The American Novel in the Twentieth Century*.(London: David & Charles. 1978.

Mueller, William R. *Celebration of Life: Studies in Modern Fiction*. New York: Sheed & Ward, 1972.

Myrdal, Gunnar. An American Dilema: the Negro Problem and Modern Domocracy. New York: Harper, 1944.

O'Meally, Robert G. *The Craft of Ralph Ellison*. Cambridge, Mass: Harvard University Press, 1980.

O'Neil, John. "Black Arts: Notebook", in *Black Aesthetic.*

Orr, John. *The Making of the Twentieth — Century Novel*. New York: Macmillan, 1987.

Ostendorf, Berndt. Black Literature in White America. Sussex: The Harvester Press, 1971.

Pryse, Marjorie. "Ralph Ellison's Heroic Fugitive." *American Literature* 16.(1974).

Reilly, John ed. *Twentieth Century Interpretation of Invisible Man.* Englewood Cliffs, N. J.: Prentice Hall, 1970.

Rosenblatt, Roger. *Black Fiction.* Cambridge, Mass.: Harvard University Press, 1974.

Schraufnagel, Noel. The Black American Novel: From Apology to Protest. Deland: Everett/Edwards, Inc., 1973.

Said, Edward W. *Beginnings: Intention and Method.* Baltimore and London: The Johns Hopkins University Press, 1975.

______. *The World, the Text, and the Critic.* Cambridge: Harvard University Press, 1983.

______. *Orientalism.* New York: Pantheon Books, 1978.

Smith, valerie. "The Meaning of Narration", Robert G. O'Meally. The Craft of Ralph Ellison. Cambridge, Mass: Harvard University Press, 1980.

Tanner, Tony. *City of Words: American Fiction 1950 − 1970.* New York: Harper & Row Pub., 1971.

Wright, Richard. *American Hunger.* New York: Harper & Row, (1944), 1977.

Zinn, Howard. *A People's History of the United States.* New York: Harper & Row, 1980.

김남주 역. 『자기 땅에서 유배당한 자들』. 서울: 청사출판사, 1978.

김성곤 역. 『미로속의 언어』. 서울: 민음사, 1986.

김영일 역. 『말콤 X와 검은 혁명』. 서울: 일월서각, 1982.

박종렬 역. 『대지의 저주받은 자들』. 서울: 광민사, 1979.

엄정옥 역. 『미국 고전문학 연구』. 서울: 한신문화사, 1987.

윤현역 역. 『예수와 흑인혁명』. 서울: 청사출판사, 1978.

______. 『흑인영가와 블루스』. 서울: 청사출판사, 1984.

조혜정, 『탈식민지 시대 지식인의 글 읽기와 삶 읽기(2)』. 서울: 도서출판, 1994.

김미아 ────────────────────────────────────

▌약 력

1996년 미국 Washington D.C. Maryland 대학에서 석사학위 논문을 위한 자료수집과 준비과정을 마쳤으며, 2003년 작고하신 아버지가 함께하셨던 전북대학교 영어영문학과에서 박사학위를 받고, 여러 대학에서 영어 과목의 강의를 해 오던 중 2005년 이래로 전주대학교 교양학부에서 전임강사로 활동하고 있다. 2004년 California State Univ. Fresno University에서 TESOL certificate을 취득했으며 랠프 엘리슨을 비롯, 또 한 사람의 노벨문학상 수상자인 흑인 소설가 토니 모리슨(Toni Morrison)에 대한 논문을 수차례 연구, 발표해 왔다. 흑인들의 긍정성과 긍정적 이데올로기의 근거를 탐구하고 입증하고자 한 필자의 노력은 집필된 여러 논문에서 찾아볼 수 있다. "흑인음악 속에 내재된 흑인민족의 긍정성(Positivity Inscribed in African-American Music)", "블루스의 미학(The Esthetics of Blues)", "토니 모리슨의 글쓰기 전략(Toni Morrison's Writing Strategies that transcends Racial and Sexual Limits)", "자유를 향한 흑인 여성 술라의 진정한 비상(An African-American Woman, *Sula*, and Her Flight to Freedom)", "분열과 조화의 양상으로 드러나는 여성주체 분석(The Analysis of two different female egos with the aspects of 'Fragmentation' and 'Harmony')", "상실과 복원, 변화로 이어지는 흑인정신(Loss and Restoration in Morrison's *Paradise*)", "모성성의 긍정적 이데올로기 연구(A Re-reading of the Concept of "Motherhood" in *Song of Solomon*)" 등이 그것이다. 2009년 KBS 클래식 음악 프로인 "노래의 날개" 코너에서 **영화 속의 블루스 그리고 재즈**라는 섹션을 이끌며 블루스 음악의 역사적 배경과 재즈로의 변천사 그리고 이러한 특색을 담고 있는 영화 속의 음악들을 소개했다. 음악과 인연이 깊어 International Sori Festival에 초대된 몇몇 연주자들의 공연에서 그들의 음악세계가 관객들에게 잘 전달될 수 있도록 통역 일을 하기도 했다. 현재는 『**영화 속의 블루스 그리고 재즈**』라는 작품을 집필 중에 있다.

자유 영혼의 흑인작가,
*Ralph Ellison*의
"**블루스 미학**"

초판인쇄 | 2009년 9월 28일
초판발행 | 2009년 9월 28일

지은이 • 김미아 / **펴낸이** | 채종준 / **펴낸곳** • 한국학술정보㈜ / **주소** • 경기도 파주시 교하읍 문발리 파주출판문화정보 산업단지 513-5 / **전화** • 031) 908-3181(대표) / **팩스** • 031) 908-3189 / **홈페이지** • http://www.kstudy.com / **E-mail** • 출판사업부 publish@kstudy.com

등   록 | 제일산-115호(2000. 6. 19)

ISBN   978-89-268-0321-9 93840 (Paper Book)
        978-89-268-0322-6 98840 (e-Book)